# 金瓶梅詞話

萬曆本

十六

第七十五回　因抱恙玉姐含酸

聯經出版事業公司 景印版

爲護短金蓮潑醋

# 第七十五回

## 春梅毀罵申二姐　玉簫逥言潘金蓮

萬里新墳盡十年　修行莫待鬓毛斑
死生事大宜須覺　地徹時常非等閒
道業未成何所賴　人身一失幾時還
前程黯黑路途險　十二時中自著研

此八句单道這善有善報惡有惡報如影隨形如谷應聲你道打坐參禪皆成正果相這愚夫愚婦在家修行的豈無成道禮佛者取佛之德念佛者感佛之恩看經者明佛之理坐禪者踏佛之境得悟者正佛之道非同容易有多少先作後修先修後作有如吳月娘者雖有此報平日好善看經禮佛布施不應今

此身懷六甲。而聽此經法。人生貧富壽夭賢愚。雖蒙父母受氣成胎中來。還要懷妊之時。有所應召。古人妊娠懷孕。不倒坐。不偃臥。不聽淫聲。不視邪色。常玩弄詩書金玉異物。常令瞽者誦古詞。後日生子女。必端正俊美。長大聰慧。此文王胎教之法也。今吳月娘懷孕。不宜令僧尼宣卷。聽其生死輪廻之說。後來感得一尊古佛出世。投胎奪舍。日後被其顯化而去。不得承受家緣。蓋可惜哉。正是前程黑暗路途險。十二時中自着研。此係後事。表過不題。當下後邊聽宣畢黃氏寶卷。各房宿歇。单表潘金蓮在脚門邊久站立。忽見西門慶過來相携到房中。見西門慶只顧坐在牀上。便問你怎的不脫衣裳。那西門慶摟定婦人。笑嘻嘻說道。我特來對你說聲。我要過那邊歇一夜兒去。你拿那淫器包兒來與我。婦人罵道賊牢。你在老婦手裡使巧兒。拿些三面子話兒來哄我。我剛纔不在角門首站着。你過去的不耐煩了。又肯來問我。這個是你早辰和那搓刺骨兩個嘀定了腔兒。好去和他個合窩去。一徑拿我扎筏子嗔道。頭里不使丫頭使他來送皮襖兒。又與我磕了頭兒來。小賊搓刺骨把我當甚麼人兒。在我手內弄判子。我還是李瓶兒時。教你活埋我。雀兒不在那窩兒裡我不醋了。西門慶笑道。那里有此勾當。他不來與你磕個頭兒。你又說他的那不是。婦人沉吟良久說道。我放你去便去。不許你拿了這包子去。和那搓刺骨弄答的齷齷齪齪的。到明日還要來和我睡好乾淨兒。西門慶道。你不與我使慣了。却怎樣的纏了半日。婦人把銀托子掠與他說道。你要拿了這個行貨子去。西門慶道。與我這個也罷。一面接的袖了。趔趄着腳兒就往外走。婦人道。你過來。我問你。莫非你與他停眠整宿在一鋪兒長遠睡。惹的那兩個丫頭也羞恥。無故只是睡那一回兒。還教他另睡去。西門慶道。誰和他長遠睡。說畢就走。婦人又吽回來說道。你過來。我分付你。慌走怎的。西門慶道。又說甚麽。婦人道。我許你和他睡便睡。不許你和他說甚閒話。教他在俺每跟前欺心大膽的。我到明日打聽出來。你就休要進我這屋裡來。我就把你下截咬下來。西門慶道。怪小淫婦兒。瑣碎死了。一直走過那邊去了。春梅便向婦人道。由他去。你管他怎的。婆婆口絮。媳婦耳頑。倒沒的教人與你爲仇結冤。悮了咱娘兒兩個下棋。一面吽秋菊關上角門。放卓兒擺下棋子。婦人問你姥姥聽了。春梅道。這咱哩後邊散了。來到屋裡就聽了。這裡房中春梅與婦人下棋不題。且說西門慶走過李瓶兒房內。掀開一簾子。如意兒正與迎春綉春炕上吃飯。見了西門慶。慌的跐起身來。西門慶道。你每吃飯。吃飯。于是走出明間。李瓶兒影跟前一張交椅上坐下。不一時。只見如意兒笑嘻嘻走出來說道。爹。這裡泠。你往屋裡坐去罷。這西門慶一把手摸到懷裡摟過來就親了個嘴。一面走到房中牀正面坐了。火爐上頓着茶迎春連忙點茶來吃了。如意兒在炕邊烤着火兒站立。問道。爹你今日沒酒。外邊散的早。西門慶道。我明日還要早船上拜拜蔡知府去。不是也。還坐一回。如意兒道。爹。你還吃酒。掛酒與爹吃。還有頭里後邊送來與娘供養的一卓菜兒。一素兒金華酒湯飯俺每吃了。酒菜還沒敢動。留有預備。只把爹用。西門慶道。你每吃了罷了。分付下飯不要別的。好細巧拿幾碟兒來。我不吃金華酒。一面教綉春你打了燈籠。往花園藏春軒書房內還有一罈葡萄酒。你問王經要了來。斟那個酒我吃。那綉春應諾打着燈籠去了。迎春連忙放卓兒拿菜兒。如意兒道姐你揭開盒子。等我揀兩樣兒于爹下酒。于是燈下揀了一碟鴨子肉。一碟鴿子雛兒。一碟銀絲鮓。一碟掐的銀苗豆芽菜。一碟黃芽韮和的海蜇。一碟燒臟肉釀腸兒。一碟黃炒的銀魚。一碟春不老炒冬笋。兩眼春槅。不一時擺在卓上。抹得鍾筯乾淨。放在西門慶面前。良久綉春前邊取了酒來。打開篩熱了。如意兒斟在鍾內。遞與西門慶嘗了嘗。無比美酒。紅紅的顏色。當下如意兒就挨近在卓上邊站立。侍奉斟酒。又親剝炒栗子兒與他下酒。那迎春知局。往後邊廚房內與綉春坐去了。這西門慶見無人在跟前。教老婆坐在他膝蓋兒上。摟着與他一遞一口兒吃酒。老婆剝菓仁兒。放在他口裏。西門慶一面解開他穿的玉色紬子對衿袄兒。鈕扣兒。并抹胸兒。露出他白馥馥酥胸。用手揣摸着他妳頭。跨道。我的兒。你達達不愛你別的。只愛你這好白淨皮肉兒。與你娘的一般樣兒。我摟着你就如同摟着他一般。如意兒笑道。爹。沒的說。還是娘的身上白。我見五娘雖好。模樣兒也中中兒的。紅白肉色兒。不如後邊大娘三娘倒白淨肉色兒。三娘只是多幾個麻兒。倒是他雪姑娘生的清秀。又白淨。五短身子兒。又道。我有句說話兒對爹說。迎春姐有件正面戴的仙子兒。要與我。他要問爹討娘家常戴的金赤虎正月里戴。爹與他了罷。西門慶道。你沒正面戴的。等我叫銀匠拿金子另打一件與你。你娘的頭面廂兒。你大娘都拿的後邊去了。怎好問他要的。老婆道也罷。你還另打一件赤虎與我罷。一面走下來就磕頭謝了。兩個吃了半日酒。如意兒道。爹你叫姐來與他一杯酒吃。惹的他不惱麽。這西門慶便叫迎春不應。老婆親走到廚房内說道。姐爹叫你哩。迎春一面到跟前。西門慶令如意兒斟了一甌酒兒與他。又揀了兩筯菜兒。放在酒托兒上。那迎春站在傍邊。一面吃了。老婆道。你叫綉春姐來吃些兒。那迎春去了。回來說道他不吃哩。走去良久。迎春向炕上拖他鋪盖後邊睡去。迎春道我不往後邊。在明間板凳上賣良姜。我與綉春廚房炕

上睡去茶在火上等爹吃你自家倒倒罷如意兒道姐你去帶
上後邊門等我揷夫那迎春抱了被褥一直後邊去了這老婆
陪西門慶吃了一回酒收拾家火點茶與西門慶吃了揷上後
門原來另預備着一牀兒鋪盖與西門慶睡都是綾綃被褥扣
花枕頭在枕上薰的煖烘烘的老婆便問爹你在炕上睡牀上
睡西門慶道我在牀上睡罷如意兒便抱鋪盖抱在牀上鋪下
打發西門慶上牀解衣替他脫了靴襪他便打了水拿出明間
內漂洗了牝掩上房門將燈臺拿在牀邊一張小卓兒上擱放
然後他方脫了衣褲上牀鑽入被窩裡與西門慶相摟相抱並
枕而臥婦人用手揑弄他那話兒上邊束着托子猙獰蹉腦又
喜又怕兩個口吐丁香交摟在一處西門慶見他仰臥在被窩

內脫的精赤條條恐怕凍着他取過他的抹胸兒替他盖着胸膛上兩手執其兩足極力抽提老婆氣喘吁吁被他肏得面如火熱又道這衽腰子還是娘在時與我的西門慶道我的心肝不打緊處到明日舖子裡拿半個紅段子與你做小衣兒穿再做雙紅段子睡鞋兒穿在脚上好伏侍我老婆道可知好哩爹與了我等我閒着做西門慶道我只要忘了你今年多少年紀你姓甚麼排行幾姐我只記你男子漢姓熊老婆道他便姓熊叫熊旺兒我娘家姓章排行第四今年三十二歲西門慶道我原來還大你一歲一壁幹着一面口中呼叫他章四兒我的兒你用心伏侍我等明日你大娘生了孩兒你好生看奶着你若有造化也生長一男半女我就扶你起來與我做一房小就頂

你娘的窩兒你心下如何老婆道奴男子漢已是沒了娘家又沒人奴情愿一心只伏侍爹再有甚麼二心就死了不出爹這門若爹可憐見可知好哩這西門慶見他言語兒投着機會心中越發喜歡揝着他雪白的兩隻腿兒穿着一雙綠羅扣花鞋兒只顧沒稜露腦兩個搧幹抽提抽提的老婆在下無般不叫出來嬌聲怯怯星眼濛濛良久却令他馬伏在下且舒雙足西門慶披着紅綾被騎在他身上投那話入牝中燈光下兩手按着他雪白的屁股只顧搧打口中叫章四兒你好去叫着親達達休要任了我丟與你罷那婦人在下舉股相就真個口中顫聲柔語呼叫不絕足頑了一個時辰西門慶方纔精泄良久拽出塵柄來老婆取帕兒替他搽拭摟着睡到五更雞叫時分散

老婆又替吮咂。西門慶告他說。你五娘怎的替我咂半夜。怕我害冷。連尿也不教我下來溺。都替我嚥了。老婆道不打緊等我也替爹吃了就是了。這西門慶眞個把胞膈尿都溺在老婆口內。當下兩個綺妮溫存。萬千囉唣。合搗了一夜。次日老婆先起來開了門。預備盆中打發西門慶穿衣梳洗出門。到前邊分付玳安。早教兩名排軍。把捲棚正面放的流金入仙鼎寫帖兒檯送到宋御史老爹察院內交付明白討回帖來。又教陳經濟封了一疋金段。一疋色段。教琴童毡包內拿着預備下馬。要早往清河口拜蔡知府去。正在月娘房內吃粥月娘問他應二哥那裡。俺每莫不都去。也留一個兒在家裡看家。留下他姐在家陪大妗子做伴兒罷。西門慶道。我已預備下五分人情。你的是一方兜肚。一個金墜兒。五錢銀子。他四個每人都是二錢銀子。一方手帕。都去走走罷。左右有大姐在家陪大妗子。就是一般。我已許下應二。都往他家去來。月娘聽了一聲兒沒言語。李桂姐便拜辭說道。娘。我今日家去罷。月娘道慌去怎的。再住一日兒不是。桂姐道不撇娘說。俺媽心裡不自在。俺姐姐不在家中沒人改日正月間來住兩日兒罷。拜辭了西門慶月娘裝了兩個茶食盒子。與桂姐一兩銀子。吃了茶打發出門。西門慶纔穿上衣服。往前邊去。忽有平安兒來報。荆都監老爹來拜。西門慶即出迎接至廳上敘禮。荆都監穿着補服員領。戴着暖耳。腰繫金帶。叩拜堂上道。久違欠恭高轉失賀之意。西門慶道。多承厚貺。尚未奉賀。敘畢契濶之情。分賓主坐下。左右獻上茶湯荆都監便

道良騎僕候何往。西門慶道。京中太師老爺第九公子。九江蔡
知府。昨日巡按宋公祖。與工部安鳳山。錢雲野。黃泰宇。都借學
生這裡作東。請他一飯。蒙他昨日具拜帖與我。我豈可不回拜
他拜去。誠恐他一時起身去了。荆都監道。正是小弟一事來奉
瀆見。巡按宋公過年正月間差滿。只怕年終舉劾地方官員。望
乞四泉借重與他一說。聞知昨日在宅上吃酒。故此斗胆恃愛。
倘得寸進。不敢有忘。西門慶道。此是好事。你我相厚。敢不領命。
你寫個說帖來。幸得他後日還有一席酒在我這裡。等我抵回
和他說。又好些。這荆都監連忙下坐位來。又與西門慶打一躬。
多承盛情。啣結難忘。便道小弟已具了履歷手本在此。一面喚
椽房寫字的取出。荆都監親手遞上與西門慶觀看。上面寫着。

山東等處兵馬都監清河左衛指揮僉事荆忠年三十二歲係山後檀州人由祖後軍功累陞本衛左所正千户從某年由武舉中式歷陞今職管理濟州兵馬歷年餘文一一開載明白西門慶看畢荆都監又向袖中取出禮物來遞上說道薄儀望乞笑留西門慶見上面寫着白米二百石說道豈有此理這個學生斷不敢領以此視人相交何在荆都監道不然總然四泉不受轉送宋公也是一般何見拒之深耶倘不納小弟亦不敢奉瀆推阻再三西門慶只得收了說道學生暫且收下一面接了說道學生明日與他說了就差人回報茶湯兩碗荆都監拜謝起身去了西門慶分付平安我不在有甚人來拜望帖兒接下休往那去了泒下四名排軍把門說畢就上馬琴童跟隨拜恭

知府去了。御說玉簫早辰打發西門慶出門。走到金蓮房中。說
五娘昨日怎的不往後邊去坐坐。晚夕衆人聽薛姑子宣黃氏女
卷。坐到那咱晚。落後二娘管茶。三娘房裡又手將酒菜來。都聽
桂姐申二姐賽唱曲兒。到有三更時分。俺每纔睡。俺娘好不說
五娘哩。五娘聽見爹前邊散了。往屋裡走不迭。昨日三娘生日。
就不放往他屋裡走兒。把攔的爹恁緊。三娘道。沒的羞人子剌
剌的。誰耐煩爭他。左右是這幾房兒隨他串去。金蓮道。我待說
就沒好口。合瞎了他的眼來。昨日你道他在我屋裡睡來麼。玉
簫道。前邊老大這娘屋裡。六娘又死了。爹卻往誰屋裡去。金蓮
道。雞兒不撒尿。各自有去處。死了一個。還有一個頂窩兒的。這
玉簫又說。俺娘怎的惱五娘。問爹討皮襖不對他說。落後爹迭

鑰匙到房裡娘說了爹幾句好的李大姐死了嗔俺分散他的
丫頭多少時兒相你把他心愛的皮襖拿了與人穿就沒話兒
說了爹說他見沒皮襖穿娘說他怎的沒皮襖放着皮襖他不
穿坐名兒只要他這件皮襖早時死了便指望他的他不死你
敢指望他的金蓮道沒的那扯毯淡有了一個漢子做主兒罷
了你是我婆婆你管着我我把攔他我拿繩子拴着他腿兒不
成把攔他一面兒罷了偏有那些毯聲浪氣的玉簫道我來對
娘說娘只放在心裡休要說出我來今日桂姐也家去俺娘收
拾戴頭面哩今日要留下雪娥在家與大妗子做伴兒俺爹不
肯都封下人情五個人都教去哩娘也快些收拾了罷說畢玉
簫後邊去了這金蓮向鏡臺前搽胭抹粉插花戴翠又使春梅

後邊問玉樓今日穿甚顏色衣裳玉樓道你爹嗔換孝都教穿淺淡色衣服這五個婦人會定了都是白鬏髻珠子箍兒用翠藍綃金綾汗巾兒搭着頭上珠翠堆滿銀紅織金段子對衿襖兒藍段子裙兒惟吳月娘戴着白縐紗金梁冠兒海獺臥兎兒珠子箍兒胡珠環子上穿着沉香色遍地粧花補子襖兒紗綠遍地金裙一頂大轎四頂小轎排軍喝路轎內安放銅火踏王經棋童來安三個跟隨拜辭了吳大妗子三位師父潘姥姥逕往應伯爵家吃滿月酒去了不題卻說前邊如意兒和迎春有西門慶晚夕吃酒的卻一卓菜安排停當還有一壺金華酒向鐔內又打出一壺葡萄酒來午間請了潘姥姥春梅郁大姐彈唱着在房內四五個做一處吃到中間也是合當有事春梅道

只說申二姐會唱的好挂真兒沒個人往後邊去便叫他來到
好歹教他唱個挂真兒咱每聽迎春纔待使綉春叫去只是春
鴻走來向着火春梅道賊小蠻囚兒你原來今日沒跟了轎子
去春鴻道爹泒下教王經去了留我在家裡看家春梅道賊小
蠻囚兒你不是凍的還不尋到這屋裡來烘火因叫迎春你釃
半甌子酒與他吃吩付你吃了替我後邊叫將申二姐來你就
說我要他唱個兒與姥姥聽那春鴻連忙把酒吃了一直走到
後邊不想申二姐伴着大妗子大姐三個姑子玉簫都在上房
裡坐的正吃芫荽芝蔴茶哩忽見春鴻掀簾子進來叫道申二
姐你來俺大姑娘前邊叫你唱個兒與他聽去哩這申二姐道
你大姑在這裡又有個大姑娘出來了春鴻道是俺前邊春梅

姑娘這裡叫你申二姐道你春梅姑娘他稀罕怎的也來叫的
我有郁大姐在那里也是一般這裡唱與大妗奶奶聽哩大妗
子道也罷申二姐你去走走再來那申二姐坐住了不動身春
鴻一直走到前邊對春梅說我叫他他不來哩都在上房坐着
哩春梅道你說我叫他他就來了春鴻道我說你叫他來前邊
大姑娘叫你他意思不動說道大姑娘在這裡那裡又鑽出個
大姑娘來了我說是春梅姑娘他說你春梅姑娘他從幾時來
也來叫我我不得閒在這裡唱與大妗奶奶聽哩大妗奶奶到
說你去走走再來他不肯來哩這春梅不聽便罷聽了三尸神
暴跳五臟氣冲天一點紅從耳畔起須臾紫遍了雙腮衆人攔
阻不住一陣風走到上房裡指着申二姐一頓大罵道你怎麼

對着小厮說我。那里又鑽出個大姑娘來了。稀罕他也敢來叫我。你是甚麼總兵官娘子。不敢叫你。俺每在那毛裡夾着來。是你撞舉起來。如今從新鑽出來了。你無非只是個走千家門。萬家戶。賊狗攮的瞎淫婦。你來俺家纔走了多少時兒。就敢恁量視人家。你會曉的甚麼好成樣的套數唱。左右是那幾句東溝籬。西溝壩。油嘴狗舌。不上紙筆的那胡歌錦詞。就拏班做勢起來。真個就來了。俺家本司三院唱的老婆。不知見過多少。稀罕你這個兒。韓道國那淫婦家興你。俺這里不興你。你就學那淫婦。我也不怕你。好不好趂早兒去。賈媽媽與我離門離戶。那大妗子攔阻說道。快休要舒口。把這申二姐罵的睜睜的。敢怒而不敢言。說道。爺嚛嚛。這位大姐怎的恁般粗魯性兒。就是剛纔對着大官兒。我也沒曾說甚歹。這般潑口言語潟出來。此處不留人。也有留人處。春梅越發惱了。罵道。賊合遍街搗遍巷的瞎淫婦。你家有恁好大姐比是你有恁性氣。不該出來往人家求衣食。唱與人家聽。趂早兒與我走。再也不要來了。申二姐道。我沒的賴在你家。春梅道。賴在我家。教小廝把鬒毛都撏光了你的。大妗子道。你這孩兒。今日怎的甚樣兒的。還不往前邊去罷那春梅只顧不動身。這申二姐一面哭哭啼啼下炕來。拜辭了大妗子。收拾衣裳包子。也等不的轎子來。央及大妗子使平安對過叫將畫童兒來。領他往韓道國家去了。春梅罵了一頓。往前邊去了。大妗子看着大姐和玉簫說道。他敢前邊吃了酒進來。不然如何恁冲言冲語的。罵的我也不好看的了。你教他慢優收拾了去就是了。立逼着攆他去了。又不叫小廝領他。十分水深人不過。卻怎樣兒的。卻不急了人。玉箫道。他們敢在前頭吃酒來。卻說春梅走到前邊還氣狠狠的。向眾人說道。乞我把賊瞎淫婦一頓罵。立攆了去了。若不是大妗子勸着我。臉上與這賊瞎淫婦兩個耳刮子纔好。他還不知道我是誰哩。叫着他張兒致兒。拿班做勢兒的。迎春道。你砍一枝損百株。忌口些。郁大姐在這里。你卻罵瞎淫婦人。春梅道。不是這等說。像郁大姐在俺家這幾年。先前他還不知怎樣的大大小小。他惡訕了那個人兒來。教他唱個兒他就唱。那里像這賊瞎淫婦大胆。不道的會那等腔兒。他再記的甚麼成樣的套數。還不知怎的拿班兒。左來右去。只是那幾句山坡羊。瑣南枝。油里滑言語。上個甚

麼擡盤兒。也怎的我纔乍聽這個曲兒也怎的。我見他心裡就
要把郁大姐掙下來一般。郁大姐道。可不怎的。昨日晚夕大娘
多教我唱小曲兒。他就連忙把琵琶奪過去他要唱。大娘說郁
大姐。你教他先唱。你後唱罷。郁大姐道。大姑娘你休惱他。他原
知道咱家深淺。他還不知把你當誰人看成好容易。春梅道。我
剛纔不罵的你。你覆韓道國老婆。那賊淫婦你就學與他。我也
不怕他。潘姥姥道。我的姐姐。你沒要緊氣的恁樣兒的。如意兒
道。等我傾杯兒酒與大姐姐消消惱。迎春道。我這女兒有惱就
是氣。便道郁大姐。你揀套好曲兒唱個伏侍他。這郁大姐拿過
琵琶來。說道等我唱個鶯鶯鬧臥房山坡羊兒與姥姥和大姑
娘聽罷。如意兒道你用心唱。等我斟上酒。那迎春拿起杯兒酒

來。望着春梅道。罷罷罷我的姐姐。你着氣就是惱了。胡亂且吃你
媽媽這鍾酒兒罷。那春梅恐不住笑罵迎春。說道怪小淫婦兒。
你又做起我媽來了。說道郁大姐休唱山坡羊。你唱個江兒水
俺每聽罷。這郁大姐在傍彈着琵琶唱
花家月艷。棫盡了花容月艷。重門常是掩。正東風料峭。細雨
連纖。落紅千萬點。香串懶重添。針兒怕待拈。瘦損崗崗。鬼病
懨懨懨。俺將這舊恩情重檢點。愁壓損兩眉翠尖。空惹的張郎
憎厭。這些時對鶯花不捲簾。
槐陰庭院靜悄悄。槐陰庭院。芭蕉新乍展。見鶯黃對對。蝶粉
翩翩。情人天樣遠。高柳噪新蟬。清波戲彩鴛。行過闌前。坐近
他邊。則聽得是誰家唱採蓮。急攘攘愁懷萬千。拈起柄香羅

紈扇。上寫阮郎歸詞半篇。

炎蒸天氣。挨過了炎蒸天氣。祈涼人繡幃。惟燈花相照。月色相隨。影伶仃訴與誰。征雁向南飛。雁歸人未歸。想像腰圍做就寒衣。又不知他在那里貪戀着。並無個真實信息。倩一行人稍寄。只恐怕路迢遥衣到遲。

梅花相問。幾遍把梅花相問。新來瘦幾個。笑香消容貌。玉減精神。比花枝先瘦損。翠被懶重温。爐香夜夜薰。着意温存。斷夢勞魂。這些時睡不安眠。不穩。枕兒冷。燈兒又昏。獨自個向誰評論。百般的放不下心上的人。

這里彈唱吃酒不題。西門慶從新河口拜了蔡九知府。回來下馬。平安就稟。今日有喬門里何老爹差答應的來請爹明日早

進衙門中。拿了一起賊情審問。又本府胡老爹送了一百本新
曆日。荆都監老爹。差了家人送了一口鮮猪。一罈豆酒。又是四
封銀子。姐夫收下了。沒敢與他回帖兒等爹來打發。晚上他家
人還來見爹說話哩。只胡老爹家與了回帖。賞了來人一錢銀
子。又是喬親家爹送帖兒。明日請爹吃酒。玳安兒。又拏宋御史
回帖兒來回話。小的送到察院內。宋老爹說。明日還奉價過來。
賞了小的并擡盒人五錢銀子。一百本曆日。西門慶吽了陳經
濟來問了。四包銀子。已久交到後邊去了。西門慶走到廳上。春
鴻連忙報與春梅衆人。說道。爹來家了。還吃酒哩。春梅道。他小
蠻囚兒。爹來家隨他來去。管俺每腿事。沒娘在家。他也不往俺
這邊來。衆人打夥兒吃酒頑笑。只顧不動身。西門慶到上房。大

妗子三個姥子都往這邊屋裡坐的。玉簫向前與他接了衣裳坐下。放卓打發他吃飯。教來興兒定卓席三十日與宋廵按擺酒。與廵撫侯爺送行。初一日宰猪羊家中祭祀還願心的。初三日請劉薛二内相。帥府周爺衆位吃慶官酒。分付已了。玉簫在傍。請問爹你吃酒放卓兒。釃甚麽酒你吃。西門慶道。有菜兒擺上來。有剛纔荆都監送來的那豆酒取來。打開我嘗嘗看好不好吃。只見來安兒來家回話。玉簫連忙便提酒來。打破泥頭傾在鍾内。遞與西門慶呷了一呷。碧靛般清。其味深長。西門慶令斟來我吃。須臾擺上菜來。西門慶在房中。卻說來安同排軍拿了兩個燈籠。晚夕接了月娘來家。月娘便穿着銀鼠皮。披襖金段襖兒。翠藍裙兒。李嬌兒等。都是貂鼠皮襖。白綾襖兒。紫丁香色織金裙子。原來月娘見金蓮穿着李瓶兒皮襖。把金蓮舊皮襖與了孫雪娥穿了。都到上房拜了西門慶。惟雪娥與西門慶磕頭。起來又與月娘磕頭。都過那邊屋裡去了。拜大妗子三個姑子。月娘便坐着與西門慶說話。說應二嫂見俺每都去好不喜歡。酒席上有隔壁馬家娘子。和應大嫂杜二娘。也有十來位堂客。叫了兩個女兒彈唱。養了好個平頭大臉的小厮兒原來他房裡春花兒。比時黑瘦了。好些只剩下個大驢臉一般的。也不自在哩。那時節亂的他家裡大小不安。本等沒人手。臨來時。應二哥與俺每磕頭。謝了又謝。多多上復你。多謝重禮。西門慶道。春花兒那成精奴才。也打扮出來見人。月娘道。他比那個沒鼻子沒眼兒是鬼兒。出來見不的。西門慶道。那奴才撒把黑豆

只好教猪拱罷月娘道我就聽不上你恁說嘴自你家的好拿
掇的出來見的人那王經在傍他立着說道俺應二爹見娘們
去先頭上不敢出來見躲在下邊房裡打窓户眼兒望前瞧被
小的看見了說道你老人家沒廉耻平白瞧甚麽他趕着小的
打西門慶笑的沒眼縫兒說道你看這賊花子等明日他來着
老實抹他一臉粉王經笑道小的知道了月娘喝道這小厮便
要胡說他幾時瞧來平白枉口拔舌的一日誰見他個影兒只
臨來時纔與俺每磕頭王經站了一回出來了月娘起身過這
邊屋裡拜大妗子并三個師父西門大姐與玉簫衆丫頭媳婦
都來磕頭月娘便問怎的不見申二姐衆人都不做聲玉簫說
申二姐家去了月娘道他怎的不等我來先就家去大妗子隱

瞞不住把春梅罵他之事說了一遍月娘就有幾分惱說道他不唱便罷了這丫頭慣的沒張倒置的平白罵他怎麼的恠不的俺家主子也沒那正主子奴才也沒個規矩成甚麼道理望着金蓮道你也管他管兒慣的通沒些摺兒金蓮在傍笑着說道也沒見這個瞎曳麼的風不搖樹不動你走千家門萬家户在人家無非只是唱人叫你唱個兒也不失了和氣誰教他拏斑兒做勢的他不罵的他嫌腥月娘道你倒且是會說話兒的合理都像這等好人歹人都乞他罵了去也休要管他一管兒了金蓮道莫不爲瞎淫婦打他幾棍兒月娘聽了他這句話氣的把臉通紅了說道慣着他明日把六隣親戚都教他罵遍了罷于是起身走過西門慶這邊來西門慶便問怎麼的月娘道

情知是誰你家使的好規矩的大姐如此這般把申二姐罵的去了對西門慶說西門慶笑道誰教他不唱與他聽來也不打緊處到明日使小厮送一兩銀子補伏他也是一般玉簫道申二姐盒子還在這里沒拿去哩月娘見西門慶笑說道不說叫將他來嗔喝他兩句虧你還雌着嘴兒不知笑的是甚麼玉樓李嬌兒見月娘惱起來都先歸去房裡西門慶只顧吃酒良久月娘進裡間內脫衣裳摘頭便問玉簫這廂上四包銀子是那里的西門慶說是荆都監送來幹事的二百兩銀子明日要央宋巡按處幹歷轉玉簫道頭里姐夫送進來我放在箱子上就忘了對娘說月娘道人家的還不收進櫃裡去哩玉簫一面安放在廚櫃中不題金蓮在那邊屋里只顧坐的等着西門慶一

答兒往前邊去。今日曉夕要吃薛姑子符藥。與他交姤。圖壬子
日好生子。見西門慶不動身。走來掀着簾兒叫他說你不往前
邊去我等不的你。我先去也。西門慶道我兒你先走一步兒。我
吃了這些酒就來。那金蓮一直往前邊去了。月娘道。我偏不要
你去。我還和你說話哩。你兩人合穿着一條褲子。也怎的。是強
汗世界。巴巴走來我這屋裡。硬來叫他沒廉恥的貨。自你是他
的老婆。別人不是他的老婆。因說西門慶你這賊皮搭行貨子。
怪不的人說你。一視同仁。都是你的老婆。休要顯出來便好。就
吃他在前邊攔擱住了。從東京來通影邊兒不進後邊歇一夜
兒。教人怎麼不惱你。冷竈着一把兒。熱竈着一把兒纔好。通教
他把攔住了。我便罷了。不知你一般見識別人他肯讓的過。口

兒內雖故不言語。好殺他心兒裡有幾分惱。今日孟三姐在應二嫂那里。通一日恁甚麼兒沒吃。不知掉了口冷氣。只害心凄惡心來家。應二嫂遞了兩鍾酒。都吐了。你還不往他屋里瞧他瞧去。這西門慶聽了說道眞個。他心裡不自在。分付收了家火罷。我不吃酒了。于是走到玉樓房中。只見婦人已脫了衣裳。摘去首飾。渾衣兒歪在炕上。正倒着身子嘔吐。蘭香便爇煤炭在地。西門慶見他呻吟不止。慌問道。我的兒。你心裡怎麼的。來對我說。明日請人來看你。婦人一聲不言。只顧嘔吐。被西門慶一面扶起他來。與他坐的。見他兩隻手只摸胸前。便問我的心肝。你心裡怎麼。你告訴我。婦人道。我害心凄的慌。你問他怎的。你幹你那營生去。西門慶道。我不知道。劉纔上房對我說。我纔曉的。婦人道。可知你曉的俺每不是你老婆。你疼心愛的去了。西門慶于是摟過粉項來。就親個嘴。說道怪油嘴。就徯落我起來。便叫蘭香。快頓好苦艷茶兒來。與你娘吃。蘭香道有茶伺候着哩。一面捧茶上來。西門慶親手拿在他口兒邊吃。婦人道拏來等我自家吃。會那等喬劬勞旋蒸勢賣兒的。誰這里爭你哩。今日日頭打西出來。稀罕往俺這屋裡來走一走兒。也有這大娘平白你說他爭出來㑇包氣。西門慶道。你不知我這兩日七事八事。心不得個閒。婦人道。可知你心不得閒。可不了一了心愛的扯落着你哩。把俺每這僻時的貨兒。都打到揣了號聽題去了。後十年挂在你那心裡。見西門慶嘴揾着他香腮便道。吃的那爛酒氣。還不與我過一邊去。人一日黃湯辣水兒誰噌噌着來那里有甚麼神思且和你兩個纏西門慶道你沒吃甚麼兒叫丫頭拿飯來咱每吃我也還沒吃飯哩婦人道你沒的說人這里凄疼的了不得且吃飯你要吃你自家吃去西門慶道你不吃我敢不吃了咱兩個收拾睡去罷明日早使小厮請任醫官來看你婦人道由他去請甚麼任醫官李醫官教劉婆子來吃他服藥也好了西門慶道你睡下等我替你心口內撲撒撲撒管情就好了你不知道我專一會揣骨捏病手到病除婦人道我不好罵出來你會揣甚麼病西門慶忽然想起昨日劉學官送了十圓廣東牛黃清心蠟丸那藥酒兒吃下極好即使蘭香問你大娘要在上房磁罐兒內盛着就拿素兒帶些酒來玉樓道休要酒俺這屋裡有酒不一時蘭香到上房要了兩丸來

西門慶看見篩熱了酒剥去蠟裹面露出金丸來看着玉樓吃下去西門慶因令蘭香趂着酒你篩一鍾兒來我也吃了藥罷被玉樓瞅了一眼說道就休那汗邪你要吃藥往別人房裡去吃你這里且做甚麼哩卻這等胡作做你見我不死來攙掇上路兒來了緊教人疼的鬼兒也沒了還要那等撥弄人虧你也下般的誰耐煩和你兩個只顧涎纏西門慶笑道罷罷我的兒我不吃藥了咱兩個睡罷那婦人一面吃畢藥與西門慶兩個解衣上牀同寢西門慶在被窩內替他手撲撒着酥胸揣摸香乳一手摟其粉項問道我的親親你心口這回吃下藥覺好些婦人道疼便止了還有些嘈雜西門慶道不打緊消一回也好了因說道你不在家我今日兌了五十兩銀子與來興兒後日

宋御史擺酒。初一日燒紙還願心。到初三日再破兩日工夫。把人都請了罷。受了人家多少人情禮物。只顧挨着也又不是事。婦人道。你請也不在我。不請也不在我。明日三十日。我叫小廝來攢帳。交與你。隨你交付與六姐。教他管去也。該教他管管兒卻是他昨日說的。甚麼打緊處。雕佛眼兒便難。等我管。西門慶道。你聽那小淫婦兒。他勉強着。緊處他就慌了。亦發擺過這幾席酒兒。你交與他。就是了。玉樓道。我的哥哥。誰養的你恁乖。還說你不護他。這些事兒。就見出你那心裡來了。擺過酒兒。交與他。俺每是合死的。像這清早辰得梳了頭。小廝你來。我去。秤銀子換錢。把氣也掏乾了。饒費了心。那個道個是也怎的。西門慶道。接着我的兒。常言道。當家三年。狗也嫌。說着。一面慢慢掬起這一隻腿兒蹻在肐膊上。摟抱在懷裡。揝着他白生生的小腿兒。穿着大紅綾子的綉鞋兒。說道我的兒。你達不愛你別。只愛你這兩隻白腿兒。就是普天下婦人。選遍了。也沒你這兩隻腿兒柔嫩可愛。婦人道好個說嘴的貨。誰信那綿花嘴兒可可兒的。就是普天下婦人。選遍了沒有來。愁好的沒有。也要千取萬。不說俺每皮肉兒粗糙。你拿左話兒來右說着哩。西門慶道。我的心肝。我有句謊就死了我。婦人道。惟行貨子。沒要緊賭什麼誓。這西門慶說着。把那話帶上銀托子。插放入他牝中。婦人道。我說你行行就下道兒來了。便道且住賊小肉兒。不知替我拿下了不曾。沒有遂伸手。向牀褥子底下。摸出絹子來。預備着抹搽。因摸見銀托子。說道從多咱三不知。就帶上這行貨子了。還不趁早除下來哩。那西門慶那里肯依。抱定他一隻腿在懷裡。只顧沒稜露腦。淺抽深送。須臾淫水浸出。往來有聲。如狗嘇鏇子一般。婦人一面用絹抹之。隨抹隨出。口裏內不住的作柔顫聲。叫他達達。你省可往裏去。奴這兩日好不腰酸。下邊流白漿子出來。西門慶道。我到明日。問任醫官討服暖藥來。你吃就好了。不說兩個在牀上歡娛頑耍。早表吳月娘在上房。陪着大妗子三位師父。晚夕坐的說話。因說起春梅怎的罵申二姐。罵的哭涕。又不容他坐在轎子去。旋央及大妗子。對叫過畫童兒送到他往韓道國家去。大妗子道。本等春梅出來的言語粗魯。饒我那等說着。還鎗撖的言語罵出來。他怎的不急了。他平昔不曉的恁口潑罵人。我只說他吃了酒。小玉道。他每五個在前頭吃酒兒進來。月娘道。恁不合理的行貨子。生生把個丫頭慣的恁沒大沒小。上頭上臉的。還嗔人說哩。到明日不管好歹人都乞他罵了去罷。要俺每在屋裡做甚麼。一個女兒。他走千家門萬家户。教他傳出去好聽。敢說西門慶家。那大老婆也不知怎麼的。出來的亂世。不知那個是主子。那個是奴才。不說你們這等慣的。沒些規矩。恰似俺每不長俊一般。成個甚麼道理。大妗子道。隨他去罷。他夫姑不言語好惹氣。當夜無語。歸到房中。次日西門慶早起往衙門中去了。這潘金蓮見月娘攔了西門慶不放了。又悞了壬子日期。心中甚是不悅。次日老早使來安叫了頂轎子。把潘姥姥打發往家去了。吳月娘早辰起來。三個姑子要告辭家去。月娘每個一盒茶食。與了五錢銀子。又許下薛姑子。正月裏庵裡打齋。先與他一兩銀子。請香燭紙馬。到臘月還送香油。白麵細米。素食與他齋僧供佛。因擺下茶。在上房內管待。間大妗子一巡吃。先請了李嬌兒孟玉樓大姐都坐下。問玉樓。你吃了那蠟丸。心口內不疼了。玉樓道。今早吐了兩口酸水纔好了。吽小玉往前邊請潘姥姥和五娘來吃點心。玉簫道。小玉在後邊燉點心哩。我去請罷。于是一直走到前邊金蓮房中。便問姥姥怎的不見。後邊請姥姥和五娘吃茶哩。金蓮道。他今日早辰我打發他家去了。玉簫說怎的不說聲。三不知就去了。金蓮道。任人心淡。只顧住着怎的。也住了這幾日了。他家中丟着孩子。也沒人看。我教他家去了。玉簫道。我拿了塊臘肉兒四個甜醬瓜茄子。與他老人家。誰知他就去了。五娘你替他老

人家收着罷了。于是遞與秋菊放在抽替內。這玉簪便向金蓮說
道。昨日晚夕。五娘來了。俺娘如此這般了。對着爹。好不說五娘
強汗世界。與爹兩個合穿着一條褲子。沒廉耻。怎的把攔着爹
在前邊。不放後邊來。落後把爹打發三娘房裡歇了一夜。又對
着大妗子。三位師父。怎的說五娘。慣着春梅。沒規矩。毁罵申二
姐。爹到明日。還要送一兩銀子與申姐姐遮羞。一五一十說了
一遍。這金蓮聽說在心。玉簪先來回月娘。說姥姥起早往家去
了。五娘便來也。月娘便望着大妗子說道。你看昨日說了他兩
句兒。今日使性子也不進來說聲兒。老早說打發他娘去了。我
猜姐姐。管情又不知心裡安排着。要起甚麼水頭兒哩。當丁月
娘自知屋裡說話。不防金蓮暗走到明間簾下。聽覷多時了。猛

可開言說道。大娘說的我打教了他家去。我好把攔漢子。月娘道。是我說來。你如今怎麽的。我本等一個漢子。從東京來了。成日只把攔在你那前頭。道不來後邊傍個影兒。原來只你是他的老婆。別人不是他的老婆。行動題起來別人不知道。我知道。就是昨日李桂姐家去了。大妗子問了聲。李桂姐住了一日兒。如何就家去了。他姑夫因爲甚麽惱他。教我還說。誰知爲甚麽惱他。你便就攩着頭兒說別人。不知道自我曉的。你成日守着他。怎麽不曉的。金蓮道。他不來往我那屋裡去。我成日莫不拿猪毛繩子套他去不成。那個浪的慌了也怎的。月娘道。你不浪的慌。你昨日怎的他在屋裡坐好好兒的。你恰似強汗世界一般。掀着簾子。硬來叫他前邊去。是怎麽說。漢子頂天立地。吃辛受苦。犯了甚麼罪來。你拿猪毛繩子套他。賊不識高低的貨。
俺每倒不言語。只顧赶人不得赶上。一個皮襖兒你悄悄就問
漢子討了。穿在身上。掛口兒也不來後邊題一聲兒。都是這等
起來。俺每在這屋裡放小鴨兒。就是孤老院裡。也有個甲頭。一
個使的丫頭。和他猫鼠同眠。慣的有些摺兒。不肯好反。就罵人。
倒說着你嘴頭子不伏個燒埋。金蓮道。是我的丫頭也怎的。你
每打不是。我也在這里還多着個影兒哩。皮襖是我問他要來。
莫不只爲我要皮襖。開門來也拿了幾件衣裳與人。那個你怎
的就不說來。丫頭便是我慣了他。我也浪了圖漢子喜歡。像這
等的卻是誰浪。吳月娘乞他這兩句。觸在心上。便紫漒了雙腮
說道。這個是我浪了。隨你怎的說。我當初是女兒填房嫁他。不

是趂來的老婆。那沒廉耻趂漢精。便浪。俺每真材實料不浪。被
吳大妗子在跟前攔說。三姑娘你怎的快休舒口饒勸着。那月
娘口裏話紛紛。發出來說道。你害殺了一個只少我了。孟玉樓
道。耶嚛耶嚛。大娘你今日怎的這等惱的大發了。連累着俺每。
一棒打着好幾個人也。沒見這六姐。你讓大姐一句兒也罷了。
只顧打起嘴來了。大妗子道。常言道。要打沒好手。厮罵沒好口。
不爭你姊妹們攘開。俺每親戚在這里住着也羞。姑娘你不依
我去。呼嗔我這里叫轎子來。我家去罷。被李嬌兒一面拉住大
妗子。那潘金蓮見月娘罵他這等言語。坐在地下。就打滚打臉
上。自家打幾個嘴巴。頭上鬏髻都撞落一邊。放聲大哭叫起來。
說道。我死了罷。要這命做什麼。你家漢子說條念欵。說將來。我

越將你家來了彼時恁的也不難的勾當等他來家與了我休書我去就是了你赶人不得赶上月娘道你看就是了潑脚子貨別人一句兒還沒說出來你看他嘴頭子就相淮洪一般他還打滚兒賴人莫不等的漢子來家好老婆把我別變了就是了你放恁個刁兒那個怕你麼那金蓮道你是眞材實料的誰敢辨別你月娘越發大怒說道好不眞材實料我敢在這屋裡養下漢來金蓮道你不養下漢誰養下漢來你就拿主兒來與我玉樓見兩個拌的越發不好起來一面拉起金蓮往前邊去罷卻說道你恁的惟剌剌的大家都省口些罷了只顧亂起來左右是兩句話教他三位師父笑話你起來我送你前邊去罷那金蓮只顧不肯起來被玉樓和玉筲一齊扯起來送他前邊

邊去了。大妗子便勸住月娘。只說道。姑娘你身上又不方便。好惹氣。分明沒要緊。你姊妹們歡歡喜喜。俺每在這里住着有光。似這等合氣起來。又不依個勸。却怎樣兒的。那三個姑子見嚷鬧起來打發小姑兒吃了點心。包了盒子。告辭月娘。衆人起來道問訊月娘道。三位師父。休要笑話。薛姑子道。我的佛菩薩。沒的說。誰家竈内無烟。心頭一點無明火。些些兒觸着便生烟。大家儘讓些些就罷了。佛法上不說的好。冷心不動一孤舟。淨掃靈臺正好修。若還繩慢鎖頭鬆。就是萬個金剛也降不住。爲人只把這心猿意馬牢拴住了。成佛作祖都打這上頭起。貧僧去也。多有打攪。菩薩好好兒的。我回去也。一面打了兩個問訊。月娘連忙還萬福。說道。空過師父。多多有慢。另日着人送齋襯去。郎叫大姐你和那二娘送送三位師父出去看狗子是打發三個姑子出門月娘陪大妗子衆人坐着說道你看這回氣的我兩隻肐膊都軟了手氷冷的從早辰吃了口清茶還汪在心裡大妗子道姑娘我這等勸你少攬氣你不依我你又是臨月的身子有甚要緊月娘道嫂子早是你在這里住看着又是我和他合氣如今犯夜倒拿住巡更的我到容了人人到不肯容我一個漢子你就通身把攔住了和那丫頭通同作弊在前頭幹的那無所不爲的事人幹不出來的你幹出來女婦人家通把個廉耻也不顧他燈臺不明自巳還張着嘴兒說人浪想着有那一個在成日和那一個合氣對着俺每千也說那一個的不是他就是清淨姑姑兒了單管兩頭和番曲心矯肚人面獸心行說

的話兒就不承認了。賭的那誓號人子。我洗着眼兒看着他。到明日還不知怎麼樣兒死哩。早時劉纔你每看着。擺着茶兒。還好意等他娘來吃。誰知他三不知的。就打發的去了。就安排着要嚷的心兒。悄悄兒走來這里聽聽。怎的。那個怕你不成。待等那漢子來。輕學重告。把我休了就是了。小玉道。俺每都在屋裡守着爐臺站着。不知五娘幾時走來。在明間內坐着。也不聽見他脚步兒响。孫雪娥道。他单爲行鬼路兒。脚上只穿毡底鞋。你可知聽不見他脚步兒响。想着起頭兒一來時。該知我今日多少氣。背地打夥兒嚼說我。教爹打我那兩頓。娘還說我和他便生好鬭的。月娘道。他活埋慣了人。今日還要活埋我哩。你劉纔不見他。那等撞頭打滾。撒潑兒。一徑使你爹來家知道。費就把我翻倒底下。李嬌兒笑道。大娘沒的說。反了世界。月娘道。你不知道。他是那九條尾的狐狸精。把好的乞他弄死了。且稀罕我能有多少骨頭肉兒。你在俺家這幾年。雖是個院中人。不像他久慣牢頭。你看他昨日那等氣勢。硬來我屋裡叫漢子。你不往前邊去。我等不你先去。恰似只他一個人的漢子一般。就占住了。不是我心中不惱。他從東京來了。就不放一夜兒進後邊來。一個人的生日。也不往他屋裡走走兒去。十個指頭。都放在你口內。也御罷了。大妗子道。姑娘。你耐煩。你又常病兒痛兒的。不貪此事。隨他去罷。不爭你爲衆好。與人爲怨忌仇。勸了一回。玉簫安排上飯來。也不吃。說道。我這回好頭疼。心口內有些惡沒沒的上來。教玉簫那邊炕上放下枕頭。我且倘倘去。分付李嬌兒你每陪大妗子吃飯那日郁大姐也要家去月娘分付裝一盒子點心與他五錢銀子打發去了卻說西門慶衙門中審問賊情到個午牌時分纔來家正值荊都監家人討回帖西門慶道多謝你老爹重禮如何這等計較你還把那禮扛將回去等我明日說成了取家來家人道家老爹沒分付教小的怎敢將回去放在老爹這里也是一般西門慶道既恁說你多上覆我知道了拏回帖又賞家人一兩銀子因進上房見月娘睡在炕上叫了半日白不答應問丫鬟都不敢說走到前邊金蓮房裡見婦人蓬頭撾腦拿着個枕頭睡問着又不言語更不知怎的一面封銀子打發荊都監家人去了走到孟玉樓房中問玉樓隱瞞不住只得把月娘和金蓮早辰嚷鬧合氣之事具說一遍

這西門慶慌了。走到上房。一把手把月娘拉起來。說道。你甚緊自身上不方便。理那小淫婦兒做什麼。平白和他合甚麼氣。月娘道。你看說話哩。我和他合氣。是我便生好鬬尋趂他來。他來尋趂將我來。你問衆人不是。早辰好意擺下茶兒。請他娘來吃。他便使性子。把他娘打發去了。走來後邊撑着頭兒和他兩個嚷。自家打滚撞頭。鬏髻踢遍了。皇帝上位的叫。自是沒打在我臉上罷了。若不是衆人拉勸着。是也打成一塊。他平白欺負慣了人。他心裡也要把我降伏下來。行動就說你家漢子。說條念欵念將我來了。打發了我罷。我不在你家了。一句話兒出來。他就是十句頂不下來。嘴一似淮洪一般。我拿甚麼骨禿肉兒拌的他。一回那潑皮賴肉的。氣的我身子軟癱兒熱化。什麼孩子

李子。就是太子也成不的。如今倒弄的不死不活。心口内只是
發脹。肚子往下鱉墜着疼。頭又疼。兩隻胳膊都麻了。剛纔桶子
上坐了這一回。又不下來。若下來了乾淨了。我這身子省的死
了做帶累肚子鬼。到半夜尋一條繩子。等我吊死了。隨你和他
過去。往後沒的又像李瓶兒乞他害死了罷。我曉的你三年不
死老婆。也大悔氣。這西門慶不聽便罷。越聽了越發慌了。一面
把月娘摟抱在懷裡。說道。我的好姐姐。你別要和那小淫婦兒
一般見識。他識什麼高低香臭。沒的氣了你。到值了多的。我往
前邊罵這賊小淫婦兒去。月娘道。你還不敢罵他。還要拿猪毛
繩子套你哩。西門慶道。你教他說惱了我。乞我一頓好脚。因問
月娘。你如今心内怎麼的。吃了些什麼兒沒有。月娘道。誰嘗着

些甚麼兒大清早辰纔拏起茶等着他娘來吃他就走來和我嚷起來如今心内只發脹肚子往下鱉墜着疼腦袋又疼兩隻肐膊都麻了你不信摸我這手恁半日還沒握過來西門慶聽了只顧跌脚說道可怎樣兒的快着小厮去請了那任醫官來看了討藥去天晚了他越不進門來了月娘道手不答諸請什麼任醫官隨他去有命活沒命教他死纔趂了人的心什麼好的老婆是墻上泥坯去了一層又一層我就死了把他扶了正就是了恁個聰明的人兒當不的家西門慶道你也耐煩把那小滛婦兒只當臭屎一般丟着他哩他怎的你如今不請任后溪來看你看一時氣裹任了這胎氣弄的上不上下不下怎麼了月娘道這等叫劉婆子來瞧瞧吃他服藥再不頭上剩兩針由

他自好了。西門慶道。你沒的說。那劉婆子老淫婦他會看甚胎產。叫小使騎馬快請任醫官來看。月娘道。你敢去請。你就請了來。我也不出去。那西門慶不依他。走到前邊。即叫琴童快騎馬往門外請那任老爹。緊等着一答兒就來。琴童應諾。騎上馬雲飛一般去了。西門慶只在屋裡厮守着。月娘禁張了頭。連忙熬粥兒拿上來。勸他吃粥兒又不吃。等到後晌時分。琴童空回來了。說任老爹在府裡上班未回來。他家知道咱這里請。明日也不消咱這里人去。任老爹早就來了。月娘見喬大户一替兩替來請。便道太醫已是明日來了。你往喬親家那里去罷。這日晚了。你不去。惹的喬親家怪。西門慶道。我去了誰看你。月娘笑道。你看謊的那腔兒。你去我不妨事。等我消一回兒。慢慢閘着

起來。與大妗子坐的吃飯。你慌的是些甚麼。西門慶令玉簫。快
請你大妗子來。和你娘坐的。又問郁大姐在那里。教他唱與娘
聽。玉簫道。郁大姐往家去。不耐煩了。這咱哩。西門慶道。誰教他
去來。留他再住兩日兒也罷了。趕着玉簫踢了兩脚。月娘道。他
見你家反宅亂。要去。你管他腿事。玉簫道。正經罵申二姐的倒
不踢。那西門慶只做不聽見。一面穿了衣裳。往喬大户家吃酒
去了。未到起更時分就來家。到了上房。月娘正和大妗子。玉樓
李嬌兒四人坐的。大妗子見西門慶進來。忙走後邊去了。西門
慶便問。月娘道。你這咱好些了麼。月娘道。大妗了陪我吃了兩
口粥兒。心口內不大十分脹了。還只有些頭疼腰酸。西門慶道。
不打緊。明日任后溪來看。吃他兩服藥。解散散氣。安安胎。就好

了。月娘道。我那等樣教你休叫他你又叫他白眉赤眼。教人家漢子來做什麼。你明日看我就出去不出去。因問喬親家。請你做什麼。西門慶道。他說我從東京來了。要與我坐。今日他也費心。整治許多菜蔬。叫兩個唱的。請我那里說甚麼話。落後邀過朱臺官來陪我。我熱着你。心裡不自在。吃了幾鍾酒。老早就來了。月娘道。好個說嘴的貨。我聽不上你這巧語花言。可可兒就是熱着我來。我是那活佛出現。也不放在你那心左。相死了。終值了個破沙鍋片子。又問喬親家。再沒和你說什麼話。西門慶方告說。喬親家如今要趂着新例。上三十兩銀子。納了儀官。銀子也封下了。教我對胡府尹說。我說不打緊胡府尹昨日進了我二一百本曆日。我還不曾回他禮。等我進禮時。稍了帖子與他。

問他討一張儀官劄付。來與你就是了。他不肯。說他說納些銀子是正理。如今央這里分上討討。兒免上下使用。也省十來兩銀子。月娘道。既是他央及你。替他討討兒罷。你沒拿他銀子來。西門慶道。他銀子明日送過來。還要賫分禮來。我止任他了。到明日咱備一口猪。一罈酒。送胡府尹就是了。說畢。西門慶晚夕就在上房睡了一夜。到次日宋巡按擺酒。後廳筵席治酒。裝定菓品。大清早辰。本府出票撥了兩院三十名官身樂人。兩員伶官。四名排長。領着來西門慶宅中答應。西門慶分付前廳儀門裡東廂房那里聽候。中廳西廂房與海鹽子弟做戲房。只見任醫官從早辰就騎馬來了。西門慶忙迎到廳上陪坐。道連日闊懷之事。任醫官道。昨日盛使到。學生該班。至晚纔來家見尊票。

今日不俟駕而來。敢問何人欠安。西門慶道。大賤內偶然有些
失調。請后溪一胗。須臾茶至吃了茶。任醫官道。昨日聞得明川
說老先生恭喜。容當奉賀。西門慶道。菲才備員而已何賀之有。
吃畢茶。琴童收下盞托去。西門慶分付後邊對你大娘說。任老
爹來了。明間內收拾。這琴童應諾到後邊。大姈子李嬌兒孟玉
樓都在房內。見琴童來說任醫官進來。爹分付教收拾明間裡
坐。月娘坐着不動身。說道。我說不要請他。平日教將人家漢子
睜着活眼把手揑腕的不知做甚麼。教劉媽媽子來。吃兩服藥
由他好了。好這等的搖鈴打鼓散着哩。好與人家漢子喂眼。玉
樓道。大娘這已是請人來了。你不出去。卻怎樣的。莫不回了人
去不成。大姈子又在傍邊勸着說。姑娘你教他看看你這脉息。

還知道你這病源。不知你爲甚起。氣惱傷犯了那一經。吃了他藥。替你分理上氣血安。安胎氣。你不教他看。依着你就請了劉婆子來。他曉的甚麼病源脉理。一時就擱怎了。月娘方動身梳頭兒。戴上冠兒。玉簫拏了鏡子。孟玉樓跳上炕去替他拏抿子掠後鬢。李嬌兒替他勒鈿兒。孫雪娥預備拏衣裳。六娘頭上止擺着六根金頭簪兒。戴上卧兎兒。也不搽臉。薄施胭粉。淡掃蛾眉。耳邊帶着兩個金丁香兒。正面關着一件金蟾蜍分心。上穿白後對衿袄兒。挿黄寬欄挿繡裙子。襯着綾波羅襪尖尖趫趫一副金蓮裙邊紫錦香囊。黄銅鑰匙雙垂繡帶正是。

羅浮仙子臨凡世　月殿嬋娟出畫堂

畢竟後來如何且聽下回分解

第七十六回

春梅嬌撒西門慶

聯經出版事業公司 景印版

第七十六回

孟玉樓解慍吳月娘　西門慶斥逐溫葵軒

動靜謀爲要三思　莫將煩惱自招之

人生世上風波險　一日風波十二時

話說西門慶。見月娘半日不出去。又親自進來。催促了一遍。見月娘穿衣裳。方纔請進任醫官。到上房明間內坐下。見正面酒金軟璧。兩邊安放春櫈。縣夏睼地平上鋪着毡毯。安放火盆。少頃。月娘從房內出來。五短身材。團面皮兒。黃白淨兒。模樣兒不肥不瘦。身體兒不短不長。兩兩春山。月鈎一雙鳳眼。纖長春筍。露甄妃之玉。朱唇點漢署之香。望上拜道了萬福。慌的任醫官躲在傍邊。屈身還禮。月娘就在對面一椅坐下。琴童安放桌兒綿裀。月娘向袖口邊餙玉腕。露青葱。教任醫官胗脉。良久。月娘抽身回房去了。房中小廝拿出茶來。吃畢茶。任醫官說道。老夫人原來稟的氣血弱。尺脉來的又浮澀。雖有胎氣。有些〻榮衛失調。易生嗔怒。又動了肝火。如今頭目不清。中脘有些〻阻滯。作其煩悶。四肢之內。血少而氣多。月娘使出琴童來說。娘如今只是有些〻頭疼。心脹。肐膊發麻。肚腹往下墜着疼。腰酸。吃飲食無味。任醫官道。我已知道。說得明白了。西門慶道。不瞞后溪說。房下如今見懷臨月身孕。因着氣惱。不能運轉。滯在胸膈間。望乞老先生留神。加減一二。足見厚情。任醫官道。豈勞分付。學生無不用心。此去就奉過藥來。清胎理氣。和中養榮。蠲痛之劑。老夫人服過。要戒氣惱。就厚味也少吃。西門慶道。望乞老先生。把他這胎氣好生安一安。任醫官道。已定安胎理氣養其榮衛。不勞多囑。學生自有斟酌。西門慶復說。學生第三房下有些肚冷。望乞有煖宮丸藥見賜來。任醫官道。學生謹領。就封過來。說畢起身走到前廳。院內見許多教坊樂工伺候。因問老爺今日府上有甚事。西門慶悉言巡按宋公。連兩司官請巡撫侯石泉老先生。在舍擺酒。這任醫官聽了。越發心中駭然尊敬。西門慶在門前揖讓上馬禮去。比尋日不同。倍加敬重。西門慶送他回來。隨即封了一兩銀子。兩方手帕。即使琴童拿盒兒騎馬討藥去。李嬌兒孟玉樓衆人。都在月娘屋裡裝定菓盒。搽抹銀器。便說大娘你頭里還要不出去。怎麼知道你心中如此這般病。月娘道甚麼好成樣的老婆。由他死便死了罷。不知那淫婦他怎麼的行動旨着俺們。你是我婆婆。無故只是大小之分罷了。我還大他八個月哩。漢子疼我。你只顧好看我一般兒里。他不討了他口裡話。他怎麽和我大嚷大鬧。若不是你們攛掇我出去。我後十年也不出去。隨他死。教他死去。常言道。一雞死一雞鳴。新來雞兒打鳴不好聽。我死了。把他立起來。也不亂也不嚷。纔拔了蘿蔔地皮寬。玉樓道。大娘耶嚛耶嚛。那里有此話。俺每就待他賭個大誓。這六姐不是我說他。要的不知好歹。行事兒有些些勉強。恰似咬羣出尖兒的一般。一個大有口沒心的貨子。大娘你若惱他。可是錯惱了。月娘道。他是比你沒心。他一團兒心裡。他怎的會悄悄聽人兒。行動拿話兒說諷着人說話。玉樓道。娘你是個當家人。惡水缸兒。不恁大量些些罷了。卻怎樣兒的。常言一個君子待了十個小人。你手放高些。他敢過過去了。你若與他一般見識起來。他敢過不去。月娘道。只有了漢子與他做主兒。着把那大老婆且打靠後。玉樓道。哄那個哩。如今像大娘心裡恁不好。他爹敢往那屋裡去麼。月娘道。他怎的不去。于是他說的他屋里。拿猪毛繩子套他不去。一個漢子的心。如同沒籠頭的馬一般。他要喜歡那一個只喜歡那個。敢攔他攔。他又說是浪了。玉樓道。罷麼大娘。你已是說過通把氣兒納納兒。等我教他來與娘磕頭。賠個不是。趁着他大妗子在這里。你每兩個笑開了罷。你不然教他爹兩下里不作難。就行走也不方便。但要往他屋裡去。又不怕你惱。若不去。他又不敢出來。今日前邊恁擺酒。俺每都在這定菓盒忙的了不得。落得他在屋裡是全躲猾兒悄靜兒。俺每也饒不過他。大妗子我說的是不是。大妗子道。姑娘也罷。他三娘也說的是。不爭你兩個話差。只顧不見面。教他姑夫也難。兩下里都不好行走的。那月娘通一聲也不言語。這孟玉樓抽身就往前走。月娘道孟三娘。不要叫他去。隨他來不來罷。玉樓道。他不敢不來。若不來我可拿猪毛繩子套了他來。一直走到金蓮房中。見他頭也不梳。把臉黃着坐在炕上。玉樓說六姐。你怎的裝憨兒把頭梳起來。今日前邊擺酒後邊恁忙亂。你也進去走走兒。怎的只顧使性兒起來。剛纔如此這般。俺每對大娘說了。勸了他這一回。你去到後邊把惡氣兒揣在懷裡。將出好氣兒來看怎的。與他下個禮賠了不是兒罷。你我既在簷底下。怎敢不低頭。常言甜言美語三冬暖。惡語傷人六月寒。你兩個已是見過話。只顧使性兒到幾時。人受一口氣。佛受一爐香。你去與他陪過不是兒。天大事却了。不然你不教他爹兩下里也難。待要往你這邊來。他又惱。金蓮道。耶嚛耶嚛我拿甚麼比他。可是他說的。他是眞材實料正經夫妻。你我都是趁來的露水兒。能有多大湯水兒。比他的脚指頭兒也比不的。玉樓道。你又他說不是。我昨日不說的。一棒打三四個人。那就好嫁了。你的漢子也不是趁將來的。當初也有個三媒六證。白恁就跟了往你家來。來砍一枝損百株。兎死狐悲。物傷其類。就是六姐惱了你。還有沒惱你的。有勢休要使盡。有話休要說盡。凡事看上顧下。留些兒防後纔好。不管螺虫螞蚱。一例都說着。對着他三位師父。郁大姐。人人有面。樹樹有皮。俺每臉上就沒些些血兒。一切來往都罷了。你不去卻怎樣兒的。少不的逐日廝不離腮。還在一處兒。你快些些把頭梳了。咱兩個一答兒後邊去。那潘金蓮見他這般說。尋思了半日。忍氣吞聲。鏡臺前拿過抿鏡。只抿了頭。戴上鬏髻。穿上衣裳。同玉樓逕到後邊上房內。玉樓掀開簾兒。先進去。說道。大娘。我怎的走了去。就牽了他來。他不敢不來。便道。我兒還不過來與你娘磕頭。在傍邊便道。親家孩兒年幼。不識好歹。冲撞親家。高擡貴手。將就他罷。饒過這一遭兒。到明日再無禮。犯到親家手裡。隨親家打。我老身卻不敢說了。那潘金蓮插燭也似與月娘磕了四個頭。跪起來。赶着玉樓打值道漢子邪了。你這麻淫婦。你又做我娘來了。連衆人都笑了。那月娘忍不住也笑了。玉樓道。賊奴才。你見你主子與了你好臉兒。就杵毛兒打起老娘來了。大妗子道。這個你姊妹們笑開。恁歡喜歡喜。却不好。就是俺這姑娘。一時間一言半語。聒聒的。你每人家廝擡廝敬。儘讓一句兒就罷了。常言牡丹花兒雖好。還要綠葉兒扶持。月娘道。他不言語。那個好說他。金蓮道。娘是個天。俺每是個地。娘容了俺每。俺每骨禿扠着心裡。玉樓也打了他肩背一下。說道。我的兒。你這回兒。打你一面口袋了。便道。休要說嘴。俺每做了這一日活。也該你來助助忙兒。這金蓮便洗手剔甲。在炕上與玉樓裝定菓盒。不在話下。那孫雪娥單管率領家人媳婦。竈上整理菜蔬。廚役又在前邊大廚房內。烹炮蒸煮。燒錦纏羊。割獻花猪。琴童討將藥來。西門慶看了藥帖。把丸藥送到玉樓房中煎藥。與月娘。月娘便問玉樓。你也討藥來。王樓道。還是前日分付那根兒下首裏。只是有些些惟疼。我教他爹對任醫官說。稍帶兩服丸子藥來我吃。月娘道。你還是前日空心掉了冷氣了。那里晉下寒的。是按下後邊。却說前廳宋御史先到了。看了卓席。西門慶陪他在捲棚內坐。宋御史又深謝其爐鼎之事。學生還當奉價。西門慶道。早知我正要奉送公祖。猶恐見却。豈敢云價。宋御史道。這等何以克當。一面又作揖致謝。茶罷。因說起地方民情。風俗一節。西門慶大畧可否而答之。次問其有司官員。西門慶道。卑職自知其本府胡正尹。民望素著。李知縣吏事克勤。其餘不知其詳。不敢妄說。宋御史問道。守禦周秀。曾與执事相交。為人却也好不好。西門慶道。周總兵雖歷練老成。還不如濟州荊都監。青年武舉出身。才勇兼備。

公祖倒看他看。宋御史道。莫不是都監荆忠执事何以相熟。西
門慶道他與我有一面之交昨日遞了個手本與我也要乞望
公祖情盼一二。宋御史道。我也久聞他是個好將官。又問其次
者。西門慶道。卑職還有妻兄吳鎧見任本衛右所正千戶之職。
昨日委管修義倉例。該陞擢指揮。亦望公祖提援實卑職之沾
恩惠也。宋御史道。既是令親。到明日類本之時。不俾他加陞本
等職級。我還保舉他見任管事。這西門慶連忙作揖謝了。因把
荆都監并吳大舅履歷手本遞上宋御史看了。即令書辦吏典
收执。分付到明日類本之時。呈行我看。那吏典收下去了。西門
慶又令左右悄悄遞了三兩銀子與他。那書吏如同印板刻在
心上。不在話下。正說話間。前廳鼓樂響。左右來報。兩個老爹都

到了。慌的西門慶即出迎接。到廳上敘禮。這宋御史慢慢纔走出花園角門。衆官見畢禮數。觀其正中擺設大插卓一張。五老定勝方糖。高頂一簇盤。大飲五牲菓品甚是齊整。周圍卓席甚豐勝。心中大悅。都望西門慶謝道。生受容當奉補。宋御史道。分資誠爲不足。四泉看我的分上罷了。諸公也不消補奉。西門慶道。豈有此禮。一面各分次序坐下。左右拿上茶來。衆官都說。候老先生那里已各人差官邀去了。還在都府衙未起身哩。兩邊俳長樂工。鼓樂笙笛簫管方响。在二門裡伺候的鐵桶相似。看看等到午後時分。只見一疋報馬來到。說侯爺來了。這里兩邊鼓樂一齊响起。衆官都出大門前邉接。宋御史在二門裡相候不一時藍旗馬道過盡。侯巡撫穿大紅孔雀。戴貂鼠暖耳。渾金

帶。坐四人大轎。直至門首下轎。衆官迎接進來。宋御史亦換了
大紅金云白豸員領。犀角帶。相讓而入。到於大廳上。叙畢禮數。
各官廷參畢。然後與西門慶拜見。宋御史道。此是主人西門千
兵。見在此問理刑。亦是蔡老先生門下。這侯巡撫卽令左右官
吏拿雙紅友生侯蒙單拜帖。遞與西門慶。西門慶雙手接了。分付
家人捧上去。一面參拜畢。寬衣上坐。衆官兩傍僉坐。宋御史居
主位。捧畢茶。堦下動起樂來。宋御史把盞。遞酒簪花。捧上尺頭。
隨卽擡下卓席來。裝在盒內。差官吏送到公廳去了。然後上坐。
献湯飯。厨役上來割献花猪。俱不必細說。先是教坊間吊上隊
舞回數。都是官司新錦綉衣裝。撮弄百戲。十分齊整。然後纔是
海鹽子弟上來磕頭。呈上關目揭帖。候公分付。搬演裴晉公還

帶記唱了一摺下來。又割錦纏羊端的花簇錦攢。吹彈歌舞。簫韶盈耳。金貂滿座。有詩爲証。

華堂非霧亦非烟　歌遏行雲酒滿筵
不但紅蛾垂玉珮　果然綠鬢挿金蟬

候巡撫只坐到日西時分。酒過數巡。歌唱兩摺下來。令左右拿下來五兩銀子。分賞厨役茶酒樂工脚下人等。就穿衣起身。衆官俱送出大門。看着上轎而去。回來。宋御史與衆官辭謝西門慶。亦告辭而歸。西門慶送了回來。打發樂工散了。因見天色尚早。分付把卓席休動。教厨役上來攢整菜蔬肴饌。一面使小厮請吳大舅來。并溫秀才。應伯爵。傅夥計。甘夥計。賁地傳。陳經濟來坐聽唱。拿下兩卓酒饌肴品。打發海鹽子弟吃了。等的人來

教他唱四節記冬景韓熙夜宴擡出梅花來放在兩邊卓上賞
梅飲酒原來那日賁四來興兒管廚陳經濟管酒傅夥計甘夥
計看管家火聽見西門慶請都來傍邊坐的不一時温秀才過
來作揖坐下吴大舅吴二舅應伯爵都來了應伯爵與西門慶
聲唱前日空過衆位嫂子又多謝重禮西門慶笑罵道賊天殺
的狗材你打窗户眼兒内偷瞧的你娘們好伯爵道你休聽人
胡説豈有此理我想來也沒人掐王經道就是你這賊狗骨秃
兒乾淨來家就學舌他到明日把你這小狗骨秃兒肉也咬了
説畢吃了茶吴大舅要到後邊西門慶陪下來何吴大舅如此
我今對宋大廵替大舅説了説那個他看了揭帖交付書辦收
了我又與了書辦三兩銀子連荆大人的都放在一處他親口

說下到明日類本之時自有意思吳大舅聽見滿心歡喜連忙
與西門慶唱喏多累姐夫費心西門慶道我就說是我妻兄他
說既是令親我已定見過分上于是同到房中見了月娘月娘
與他哥道萬福大舅向大妗子說道你往家去罷了家沒人如
何只顧不出去了大妗子道三姑娘留下教我過了初三日初
四日家去罷哩吳大舅道既是姑娘留你到初四日去便了說
畢月娘留他坐不坐來到前邊安排上酒來飲酒當下吳大舅
二舅應伯爵溫秀才上坐西門慶主位傅夥計甘夥計賁地傳
陳經濟兩邊打橫共五張卓兒下邊戲子鑼鼓響動搬演韓熙
夜宴郵亭任遇正在熱鬧處忽見玳安來說喬親家爹那里使
了喬通在下邊請爹說話這西門慶隨即下席到東角門首見

喬親家喬通。喬通道。爹說昨日空過親家。爹使我送那援例銀
子來。一封三十兩。另外又拿着五兩與吏房使用。西門慶道。我
明日早封過與胡大尹。他就與了劄付來。又與吏房銀子。做甚
麼。你還拿回去。一面分付玳安教厨下拿了酒飯點心。在書房
內管待喬通。打發去了。話休饒舌。當日唱了鄭亭兩摺的。有一
更時分。西門慶前邊人散了。收了家火。進入月娘房來。月娘正
與大妗子在炕上坐的。大妗子見西門慶進來。連忙往那邊屋
裡去了。西門慶因向月娘說。我今日替你哥如此這般對宋巡
按說。他許下加他除加陞一般。還教他見任管事。就是指揮僉
事。我剛纔已對你哥說了。他好不喜歡。只在年終。就題本旨意
下來。月娘便道。沒的說。他一個窮衛家官兒。那里有二三百兩

銀子使。西門慶道。誰問他要一百文錢兒。我就對宋御史說。是我妻兒。他親口既許下。無有個不做分上的。月娘道。隨你與他幹。我不管你。西門慶便問玉簫。替你娘煎了藥。拿來我瞧。打發你娘吃了罷。月娘道。你去休管他。等我臨睡自家吃。那西門慶纔待往外走。被月娘又叫回來。問道。你往那去。是往前頭去。趂早兒不要去。他頭里與我陪了不是了。只少你與他陪不是去哩。西門慶道。我不往他屋裡去。月娘道。你不往那屋裡去。往誰屋裡去。那前頭媳婦子跟前。也省可去惹的。他昨日對着大妗子好不拿話兒嘔我。說我縱容着你。要他啚你喜歡哩。你又恁沒廉耻的。西門慶道。你理那小淫婦兒怎的。月娘道。你只依我今日偏不要往前邊去。也不要你在我這屋裡。你往下邊李嬌姐房裡睡去。隨你明日去不去。我就不管你了。這西門慶兒恁說無法可處。只得往李嬌兒房裡歇了一夜。到次日臘月初一日早往衙門中去。同何千户發牌陞廳畫卯。發放公文。一早辰纔來家。又打點禮物猪酒。并三十兩銀子。差玳安往東平府送胡府尹去。胡府尹收下禮物。即時討過劄付來。西門慶在家。請了陰陽徐先生廳上擺設猪羊酒菓。燒紙還願心畢。打發徐先生去了。因見玳安到了。看了回帖。已封過劄付來。上面用着許多印信。塡寫喬洪本府義官名目。一面使玳安送兩盒胙肉。與喬大户家。就請喬大户來吃酒。與他劄付瞧。又分送與吳大舅溫秀才。應伯爵。謝希大。傅夥計。甘夥計。韓道國。賁地傳。崔本。每人都是一盒。俱不在話下。一面又發帖兒。初三日請周守備。荆都監。張團練。劉薛二內相。何千户。范千户。吳大舅。喬大户。王三官兒。共十位客。叫一起雜耍樂工。四個唱的。那日孟玉樓在月娘房內攢了帳。遞與西門慶。就交待與金蓮管理。使用銀錢。他不管了。因問月娘道。大娘你昨日吃了藥兒。可好些。月娘道。惟不的人說。恁泥肉平白教人家漢子捏了捏手。今日好了頭也不疼。心口也不發脹了。玉樓笑道。大娘你原來只少他一捏兒連大妗子也笑了。西門慶來又問月娘。月娘道。該那個管你交與那個就是了。來問我怎的。誰肯讓的誰。這西門慶方纔兌了三十兩銀子。三十吊錢。交與金蓮管理。不在話下。良久。喬大户到了。西門慶陪他廳上坐的。如此這般。拿胡府尹義官喬洪名字。挽例上納白米三十石。以濟邊儲。滿心歡喜。連忙向西門慶打恭。致謝。多累親家費心。容當叩謝。因說明日喬通。好生送到家去。若親家見招。在下有此冠帶。就敢來陪他也不妨。西門慶道。初三日親家好歹早些下降。一面吃畢茶。分付琴童。西廂房書房裡放卓兒。親家請那里坐。還暖些。到書房地爐內。籠着火。西門慶與喬大戶對面坐下。因告訴說昨日巡按兩司請候老之事。侯老甚喜。明日起身。少不的俺同僚每都送郊外方回。纔抹卓兒收拾放菜兒。只見應伯爵到了。歛了幾分人情。叫應寶用盒兒拿來。交與西門慶說。此列位奉賀哥的分資。西門慶打開觀看。裡面。頭一位就是吳道官。其次應伯爵。謝希大。祝日念。孫寡嘴。常時節。白來創。李智。黃四。杜三哥。共十分人情。西門慶道。我的這邊。還有舍親吳二舅。沈姨夫。門外任醫官。花大哥。并三個夥計。温葵軒。也有二十多人。就在初四日請罷。一面令左右收進人情。後邊去。使琴童兒拿馬。請你吳大舅來。陪你喬親家爹坐。因問温師父在家不在。來安兒道温師父不在家。從早辰望朋友去了。不一時。吳大舅來到。連陳經濟五人共坐。把酒來斟。卓上擺列許多熱下飯湯碗、無非是豬蹄羊頭。燒爛煎爊。鷄魚鵝鴨。添案之類。飲酒中間。西門慶因向吳大舅說。喬親家恭喜的事。今日巳領下義官劄付來了。容日我這里備禮寫文軸。咱每從府中迎賀迎賀。喬大戶道。惶恐。甚大職役。敢起動列位親家費心。忽有本縣衙差人送曆日來了。共二百五十本。西門慶拿回帖賞賜打發來人去了。應伯爵道。新曆日俺每不曾見哩。西門慶。把五十本。拆開與吳大舅。伯爵。温秀才。三人分了。

伯爵看了開年。改了重和元年。該閏正月。不說當日席間猜枚行令。飲酒至晚。喬大戶先告家去。西門慶陪吳大舅。坐到起更時分方散。分付伴當。早伺候備馬。邀你何老爹到我這里。起身同往郊外送侯爺。留下四名排軍。與來安春鴻。兩個跟轎往夏家去。說畢。就歸金蓮房中來。那婦人未及他進房。就先摘了冠兒亂挽烏雲。花容不整。朱粉懶施。渾衣兒歪在牀上。房內燈兒也不點。靜悄悄的。西門慶進來。便叫春梅不應。只見婦人睡在牀內。叫着只不做聲。西門慶便在牀上問道。怪油嘴。你怎的恁個腔兒。也不答應。被西門慶用手拉起來。他說道。你如何悻悻的。那婦人便做出許多喬張致來。把臉扭着。止不住紛紛的香腮上。滚下淚來。那西門慶就是鐵石人也。把心來軟了。問他一

聲兒。連忙一隻手摟着他脖子說。怪油嘴。好好兒的。平白你兩
個合甚麼氣。那婦人半日方回言說道。誰和他合氣來。他平白
尋起個不是。對着人罵我是攔漢精。趕漢精。趕了你來了。他是
眞材實料。正經夫妻。誰教你又來我這屋裡做甚麼。你守着他
去就是了。省的我把攔着你。說你來家。只在我這屋裡纏。早是
肉身聽着。你這幾夜。只在我這屋裡睡來。白眉赤眼兒。你嚼舌
根。一件皮襖也。說我不問他。擅自就問漢子討了。我是使的奴
才丫頭。沒不往你屋裡與你磕頭去。為這小肉兒。罵了那賊瞎
淫婦。也說不管。偏有那些聲氣的。你是個男子漢。若是有張主
的。一拳揎定。那里有這些閒言帳語。怪不的俺每自輕自賤。常
言道。賤里買來賤里賣。容易得來容易捨。趂將你家來。與你家

做小婆不氣長自古人善得人欺馬善得人騎便是如此你看昨日生怕氣了他在屋裡守着的是誰請太醫的是誰在跟前攛掇侍奉的是誰苦惱俺娘這陰山背後就死在這屋裡也沒個人兒來瞅問這個就見出那人的心來了還教含着那眼淚兒走到後邊與他賠個不是說着那桃花臉上止不住又滾下珍珠兒倒在西門慶懷裡嗚嗚咽咽哭的捽鼻涕彈眼淚西門慶一面摟抱着勸道罷麼我的兒我連日心中有事你兩家各省這一句兒就罷了你教我說誰的是昨日要來看你他說我來與你賠不是不放我來我往李嬌兒聽了一夜雖然我和人睡一片心只想着你婦人道罷麼我也見出你那心來了一味在我面上虛情假意倒老還疼你那正經夫妻他如今見替你

懐着孩子。俺每一根草兒拿甚麽比他。被西門慶摟過脖子來。
親了個嘴道。恠油嘴休要胡說。只見秋菊拿進茶來。西門慶便
道賊奴才。好乾淨兒。如何教他拿茶。因問春梅怎的不見。婦人
道。你還問春梅哩。他餓的只有一口遊氣兒。那屋裡倘着不是。
帶今日三四日。沒吃點湯水兒了。一心只要尋死在那里。說他
大娘對着人罵了他奴才。氣生氣死。整哭了三四日了。這西門
慶聽了說道眞。婦人道。莫不我哄你不成。你瞧去不是。這西門
慶慌過這邊屋裡。只見春梅容粧不整。雲髻斜歪。睡在炕上。西
門慶叫道。恠小油嘴。你怎的不起。叫着他。只不做聲推睡。被西
門慶雙關抱將起來。那春梅從酩子里伸腰。一個鯉魚打挺險
些兒沒把西門慶掃了一交。早是抱的牢。有護炕倚住不倒。春

梅道。達達起來了手。你又來理論俺每這奴才做甚麼。也沾辱了你這兩隻手。西門慶道。小油嘴兒。你大娘說了你兩句兒罷了。只顧使起性兒來了。說你這兩日沒吃飯。春梅道。吃飯不吃飯。你管他怎的。左右是奴才貨兒。死便隨他死了罷。我做奴才。一來也沒幹壞了甚麼事。並沒教主子罵我一句兒。攩我一下兒。做甚麼爲這合遍街。搗遍巷的。賊瞎婦。教大娘這等。罵我。嗔俺娘不管我。莫不爲瞎婦扯倒。打我五棍兒。等到明日。韓道國老婆不來便罷。若來。你看我指與他一頓好的不罵。原來送了這瞎淫婦來。就是個禍根。西門慶道。就是送了他來。也是好意。誰曉的爲他合起氣來了。春梅道。他若肯放和氣些二我好意罵他。他小量人家。西門慶道。我來這里。你還不倒鍾茶兒我吃。那奴才手不乾淨。我不吃他倒的茶。春梅道。死了王屠。連毛吃猪。我如今走也走不動在這里。還教我倒甚麽茶。西門慶道。怪小油嘴兒。誰教你不吃些甚麽兒。因說道。咱每往那邊屋裡去。我也還沒吃飯哩。教秋菊後邊取菜兒篩酒烤菓餡餅兒炊鮮湯。咱每吃。于是不由分訴。拉着春梅手。到婦人房內。分付秋菊。拿盒子後邊取吃飯的菜兒去。不一時拿了一方盒菜蔬。一碗燒猪頭。一碗頓爛羊肉。一碗熬鷄。一碗煎煿鮮魚。和白米飯。四碗吃酒的菜蔬海蜇荳芽菜。肉鮓蝦米之類。西門慶分付春梅。把肉鮓打上幾個鷄豆。加上酸笋韮菜。和上一大碗香噴噴餛飩湯來。放下卓兒。擺下。一面盛飯來。又烤了一盒菓餡餅兒。西門慶和金蓮並肩而坐。春梅在傍邊隨着同吃。三個你一杯。我一

也做張致

杯吃了一更方散。就睡到次日。西門慶早起約會何千户。來到吃了頭腦酒起身。同往郊外送侯巡撫去了。吳月娘這里先送了禮去。然後打扮坐大轎。排軍喝道。來安春鴻跟隨往夏指揮家來吃酒看他娘子兒不在話下。玳安王經在家。只見午後時分有縣前賣茶的王媽媽。領着何九來大門首尋問玳安老爹在家不在家。玳安道。王奶奶何老人家稀罕今日那陣風兒吹你老人家來這里走走。王婆子道。沒勾當怎好來踅踅户。今日不因老九。因為他兄弟的事。敢來央煩老爹。老身還不來哩。玳安道。老爹今日與侯爺送行去了。俺大娘也不在家。你老人家站站等我進去。對五娘說聲。進入不多時。出來說道。俺五娘請你老人家進去哩。王婆道。我敢進去。你引我兒。只怕有狗。那玳

安引他進入花園。金蓮房門首。掀開簾子。王婆進去。見婦人家
常戴着臥兔兒。穿着一身錦段衣裳。搽抹的如粉粧玉琢。正在
房中炕上。脚登着爐臺兒。坐的磕瓜子兒。房中帳懸錦綉。牀設
縷金。玩器爭輝。箱奩耀日。進去不免下禮。慌的婦人答禮。說道
老王免了罷。那婆子見畢禮。坐在炕邊頭。婦人便問。怎的一向
不見你。王婆子道。老身有心中想着娘子。只是不敢來親近。問
添了哥哥不曾。婦人道。有到好了。小產過兩遍。白不存。又問你
兒子有了親事。王婆道。還不曾與他尋。他跟客人淮上來家。這
一年多。家中胡亂積賺了些小本經紀。買個驢兒。胡亂磨些麵
兒賣。來度日。慢慢替他尋一個兒與他。因問老爹不在家了。婦
人道。他爹今日往門外與撫按官送行去了。他大娘也不在家。

有甚話說。王婆道。老九有樁事。央及老身來。對老爹說。他兄弟何丸乞賊拏着。見拿在提刑院。老爹手裡問。拏他是窩主。本等與他無干。望乞老爹案下與他分豁分豁。等賊若指拏。只不准他就是了。何十出來。到日買禮來重謝老爹。有個說帖兒在此一面遞與婦人。婦人看了。說道。你留下。等你老爹來家。我與他瞧。婆子道。老九在前邊伺候着哩。明日教他來討話罷。婦人一面叫秋菊看茶來。須臾秋菊拿了一盞茶來。與王婆吃了。那婆子坐着說道。娘子你這般受福勾了。婦人道。甚麼勾了。不惹氣便好。成日歐氣不了。在這里。那婆子道。我的奶奶。你飯來張口。水來溫手。這等插金帶銀。呼奴使俾。又惹甚麼氣。婦人道。常言道。說得好。三窩兩塊。大婦小妻。一個碗內兩張匙。不是湯着就

抹着。如何沒些氣兒。婆子道。好奶奶。你比那個不聰明。趂着老
爹這等好時月。你受用到那里是那里。說道。我明日使他來討
話罷。于是拜辭起身。婦人道。老王你多坐回去。不是那婆子道。
難爲老九只顧等我。不坐罷。改日再來看你。那婦人也不留他
留兒。就放出他來了。到了門首。又叮嚀玳安。玳安道。你老人家
去。我知道。等俺爹來家。我就禀何九道。安哥。我明日早來討話
罷。于是和王婆一路去了。至晚西門慶來家。玳安便把此事禀
知西門慶。門慶到金蓮房看了帖子。交付與答應的收着。明日
到衙門中禀我。一面又令陳經濟發初三日請人帖兒瞞着春
梅。又使琴童兒送了一兩銀子。并一盒點心。到韓道國家。對着
他說。是與申二姐的。教他休惱。那王六兒笑嘻嘻接了。說他不

敢惱。多上覆爹娘。冲撞他春梅姑娘。俱不在言表。至晚。月娘來家。穿着銀鼠皮袄。遍地金袄兒。錦藍裙。坐大轎。打着兩個燈籠到家。先拜見大妗子。衆人。然後相見西門慶。正在上房吃酒。道了萬福。當下告訴夏大人娘子。見了我去。好不喜歡。多謝重禮今日也有許多親隣堂客。原來夏大人有書來了。也有與你的書。明日送來與你。也只在這初六七起身。顧車搬取家小上京去也。說了又說。好歹教賁四送他家到京。就回來。賁四的那孩子長兒。今日與我磕頭。好不出跡了。好個身段兒。嗔道他傍邊捧着茶。把眼只顧偷瞧我。我也忘了他。倒是夏大人娘子。叫他改換了名字。叫做瑞雲。過來與你西門奶奶磕頭。他纔放下茶托兒。與我磕了四個頭。我與了他兩枝金花兒。如今夏大人娘

子。好不喜歡擡舉他。也不把他當房裡人。只做親兒女一般看
他、西門慶道。還是這孩子有福。若是別人家手裡。怎麽容得、不
罵奴才。少椒末兒。又肯擡舉他。被月娘瞅了一眼說道。硶說嘴
的貨。是我罵了你心愛的小姐兒。那西門慶笑了、說道。他借了
賁四押家小去。我線舖子教誰看。月娘道。關兩日也罷了。西門
慶道。關兩日阻了買賣。近年節紬絹絨線正快。如何閑了舖
子。到明日等再處。說畢。月娘進裡間脫衣裳摘頭。走到那邊房
內。和大妗子坐的。家中大小。都來參見磕頭。是日西門慶在後
邊雪娥房中歇了一夜。早往衙門中去了。只見何九走來。問玳
安討信。與了玳安一兩銀子。玳安如此這般。昨日爹來家。就替
你說了。今日到衙門中。就開出你兄弟來放了。你往衙門首伺

侯。這何九聽言。滿心歡喜。一直走衙門前去了。西門慶到衙門裡坐廳。提出強盜來。每人又是一夾二十順腿。把何十開出來放了。另拿了弘化寺一名和尚頂缺。說強盜曾在他寺內宿了一夜。世上有如此不公事。正是張公吃酒李公醉。桑樹上脫枝柳樹上報。有詩為證。

宋朝氣運已將終　執掌提刑忒不公
畢竟難逃天地眼　那堪激濁與揚清

那日西門慶家中。叫了四個唱的。吳銀兒。鄭愛月兒。洪四兒。齊香兒。日頭向午就來了。都拿着衣裳包兒。齊到月娘房內。與月娘大妗子眾人磕了頭。月娘在上房擺茶與他們吃了。正彈着樂器唱曲兒與大妗子月娘眾人聽。忽見西門慶從衙門中來家。進房來四個唱的都放了樂器。笑嘻嘻向前。一齊與西門慶揷燭也磕了頭。坐下。月娘便問。你怎的衙門中這咱纔來。西門慶告訴。今日問理好幾樁事情。因望着金蓮說。昨日王媽媽來說。何九那兄弟。今日我已開除來放了。那兩名強盜還攀扯他。教我每人打了二十。夾了一夾。拿了門外寺裡一個和尚頂缺。明日做文書送過東平府去。又是一起奸情事。丈母養女婿的。那女婿年小不上三十多歲。名喚宋得。原與這家是養老不歸宗女婿。落後親丈母死了。要了個後丈母周氏。不上一年。把丈人死了。這周氏年小守不得。就與他這女婿。常時言笑自若。漸漸在家。嚷的人知道。住不牢。一日道他這丈母往鄉里娘家去。周氏便向宋得說。你我本沒事。枉耽其名。今日在此山野空地咱兩個成其夫妻罷。這宋得就把周氏姦訖一度以後。娘家回還道通姦不絕。後因為責使女。被使女傳於兩隣。纔首告官。今月取了供招。都一日送過去了。這一到東平府。姦妻之母係緦麻之親。兩個都是絞罪。潘金蓮道。要着我把學舌的奴才。打的爛糟糟的。問他個死罪。也不多。你穿着青衣抱黑柱。一句話就把主子弄了。西門慶道。他吃我把奴才擬了幾擬子。好的為你這奴才。一時小節不完。喪了兩個人性命。月娘道。大不正則小不敬。母狗不掉尾。公狗不上身。大凡還是女婦人心邪。若是那正氣的。誰敢犯邊。連四個唱的都笑道。娘說的是。就是俺裡邊唱的。接了孤老的朋友。還使不的。休說外頭人家。說畢。擺飯與西門慶吃了。忽聽前廳鼓樂响。荊都監老爹來了。西門慶連忙冠帶出迎。接至廳上。敘禮。謝其厚賜。分賓主坐下。茶罷。如此這般告。說宋巡按收了說帖。已向慨許。執事恭喜。必然在邇。荊都監聽了。又轉身下坐作揖致謝。老翁費心。提携之力。銘刻難忘。西門慶又說起周老總兵。生亦薦言一二。宋公必有主意。談話間。忽報劉薛二内相公公到。鼓樂迎接進來。西門慶降堦相讓入廳。兩個敘禮。二位内相皆穿青緑絨蟒衣。寶石絛環。正中間坐下。次後周守備到了。一處敘話。荊都監又問周守備說。四泉厚情。昨日宋公在尊府擺酒與侯公送行。曾稱領公之厚情。宋公已留神於中。高轉在即。周守備亦欠身致謝不盡。落後張團練何千户。王三官范千户。吳大舅喬大户。陸續都到了。喬大户冠帶青衣。四個伴當跟隨。進門見畢諸公。與西門慶大椅上四拜。衆人問其恭喜之事。西門慶道。舍親家在本府援例。新受恩榮義官之職。周守禦道。四泉令親。吾輩亦當奉賀。喬大戶道。蒙列位老爹盛情。豈敢動勞。說畢、各分次序坐下。遍里遞上一道茶來。然後收拾上座。錦屏前玳瑳羅列。畫堂內寶玩爭燿。堦前動一派笙歌。席上堆滿盤異菓。良久遞酒安席畢。各家僮僕上來接去衣服。歸席坐下。王三官再三不肯下來坐。西門慶道。尋常罷了。今日在舍。權借一日陪諸公上上座。王三官必不得已。左邊垂首坐了。須臾上罷湯飯。廚役上來割道燒鵝。獻小割。下邊教坊回數隊舞。吊畢。撮弄雜耍百戲。院本之後。四個唱的慢慢纔上來。拜見過了。個個粧扮花兒。人人珠翠仙裳。銀箏玉玩。放嬌聲。倚翠偎頻笑語。正是

舞裙歌板逐時新　散盡黃金只此身
寄與富兒休暴殄　儉如良藥可醫貧

不說當日劉內相坐首席。也賞了許多銀子。飲酒作歡。至一更時分方散。西門慶打發樂工賞錢出門。四個唱的都在月娘房內彈唱。月娘留下吳銀兒過夜。打發三個唱的恁臨去。見西門慶在廳上拜見拜見。西門慶分付鄭愛月兒。你明日就拉了李桂姐兩個還來唱一日。那鄭愛月兒就知今日有王三官兒。不叫李桂姐來唱。答道。爹你兵馬司倒了墻。賊走了。又問明日請誰吃酒。西門慶道。都是親朋。鄭月兒道。有應二那花子。我不來。我不要見那醜冤家怪物。西門慶道。明日沒有他。愛月兒道。沒有他。纔好。若有那怪攮刀子的。俺每不來。說畢磕了頭。揚長去

了。西門慶看着收了家火。回上李瓶兒那邊。和如意兒睡了。一
宿晚景題過。次日早往衙門。送問那兩起人犯。往過東平府去
回來家中擺酒。請吳道官。吳二舅。花大舅。沈姨夫。韓姨夫。任醫
官。溫秀才。應伯爵。并會中人。李智黃四。杜三哥。并家中二個夥
計。十二張卓兒席。間正是李桂姐。吳銀兒。鄭愛月兒。三個粉頭
遞酒。李銘吳惠鄭奉。三個小優兒彈唱。正遞酒中間。忽平安來
報。雲二叔新襲了職。來拜爹。送禮來。西門慶聽言。連忙道有請。
只見雲離守。穿着青紵綵補服員領。冠冕着。腰繫金帶。後邊伴
當擡着禮物。先遞上揭帖與西門慶觀看。上寫新襲職山東清
河右衛指揮同知門下生雲離守頓首百拜。謹具土儀。貂鼠十
個。海魚一尾。蝦米一包。臘鵝四隻。臘鴨十隻。油紙簾二架。少申

芹敬。西門慶即令左右收了。連忙致謝。雲離守道。在下昨日纔
來家。今日特來拜老爹。于是磕頭。四雙八拜。說道。蒙老爹莫大
之恩。此少土儀表意而已。然後又與衆人叙禮拜見。西門慶見
他居官。就待他不同。安他與吳二舅一卓坐了。連忙安下鍾筯。
下了湯飯。脚下人俱打發攢盤酒肉。因問起發喪替職之事。這
雲離守一一數言。蒙兵部余爺。憐其家兄在鎮病亡。祖職不動。
還與了個本衛見任僉書。西門慶歡喜道。恭喜恭喜。容日已定
來賀。當日衆人席上每位奉陪一杯。又令三個唱的奉酒。須臾
把雲離守灌的醉了。那應伯爵在席上。如線兒提的一般。起來
坐下。又聞李桂姐和鄭月兒彼此互相戲罵不絕。這個罵他怪
門神。白臉子撒根甚的貨。那個罵他是醜宄家。怪物勞。朱入戒。

坐在冷舖裡賊。罵道。我把你這兩個女人。十撇鴉胡石影子布
兒朶朶雲兒了口惡心。不說當日酒筵笑聲。花攢錦簇。觥籌交
錯。耍頑。至二更時分。方纔席散。打發三個唱的去了。西門慶歸
上房宿歇。到次日起來遲。正在上房擺粥吃了。穿衣要拜雲離
守。只見玳安來說。賁四在前邊請爹說話。西門慶就知因爲夏
龍溪送家小之事。一面出來廳上。只見賁四向袖中。取出夏指
揮書來呈上。說道夏老爹要教小人。送送家小往京里去。不久
就回。小人稟問道老爹去不去。西門慶看了書中言語。無非是
敘其濶別。謝其早晚看顧家下。又借賁四攜送家小之事。因說
道他既央你。你怎的不去。因問幾時起身。賁四道。今早他大官
府叫了小人去。分付初六日家小准上車起身。小人也得月半

纔回來。說畢把獅子街舖內鑰匙。交遞與西門慶。門慶道。你去。我教你吳二舅來。替你開兩日舖子罷。那賁四方纔拜辭出門。往家中收拾行裝去了。這西門慶就冠冕着出門。僕從跟隨騎。拜雲指揮去了。那日是大妗子家去。叫下轎子門首伺候。也是合當有事。月娘裝了兩盒子茶食。點心下飯。上房管待大妗子。出門首上轎。只見畫童兒小廝。躲在門傍鞍子房兒大哭不止。那平安兒只顧扯他。那小𠹭子越扯越哭起來。被月娘等聽見。迭出大妗子上轎去了。便問平安兒賊囚。你平白拉他怎的。惹的他恁怔哭。平安道。溫師父那邊叫他。他白不去。只是罵小的。月娘道。你教他好好去罷。因問道小廝。你師父那邊叫。去就是了。怎的哭起來。那畫童道。又不管你事。我不去罷了。你扯我怎

的月娘道你因何不去那小廝又不言語金蓮道這賊小囚兒
就是個肉佞賊你大娘問你怎的不言語被平安向前打了一
個嘴巴那小廝越發大哭了月娘道恠肉根子你平白打他怎
的你好好教他說怎的不去正問着只見玳安騎了馬進來月
娘問道你爹來了玳安道被雲叔留住吃酒哩使我進衣裳來
了帶毡巾去看見畫童兒哭便問小大官兒怎的號啕痛剜墻
拱平安道對過温師父叫着他不去反哭駡起我來了玳安道
我的哥哥温師父叫你仔細他各的温屁股一日沒屁股也成
不的你每常仍麽挨他的今日如何又躲起來了月娘駡道恠
囚根子怎麽温屁股玳安道娘自問他就是個那潘金蓮得不
的風兒就是雨兒一面叫過畫童兒來只顧問他小奴才你實

說他。吁你做甚麼。你不說着。我教你大娘打你。逼問那小厮急了說道。他只要哄着小的。把他行貨子。放在小的屁股裡弄的脹脹的疼。起來。我說你還不快拔出來。他又不肯拔。只顧來回動。且教小的拿出來。跑過來。他又來叫小的。月娘聽了便喝道。怪賊小奴才兒。還不與我過一邊去。也有這六姐只管好審問他。說的碜死了。我不知道。還當好話兒。側着耳朶兒聽他。是個不上蘆帚的行貨子。人家小厮與。便却背地幹這個營生。那金蓮道。大娘那個上蘆帚的。肯幹這營生。冷舖睡的花子。纔這般所爲。孟玉樓道。這蠻子他有老婆。怎生這等沒廉耻。金蓮道。他來了這一向。俺每就沒見他老婆。怎生這等。平安道。怎麼樣兒。娘們合勝看的見他。他但往那里去。每日只出鎖見任了。這半年我只見他坐轎子。往娘家去了一遭。沒到晚就來家了。每常幾時出個門兒來。只好晚夕門首出來。倒楣子走走兒罷了。金蓮道。他那老婆也是個不長俊的行貨子。嫁了他。怕不的也沒見個天日兒。敢每日只在屋裡坐天牢裡。說了回。月娘同衆人回後邊去了。西門慶約莫日落時分來家。到上房坐下。月娘問道。雲夥計留你坐來。西門慶道。他在家見我去。甚是無可不可。旋放卓兒留我坐。打開一罈酒陪我吃。如今衛中荆南崗陞了。他就挨着掌印。明日連我和他喬親家。就是兩分賀禮。衆同僚都說了。要與他挂軸子。少不的教溫葵軒做兩篇文章。早些買軸子寫下。月娘道。還纏甚麼溫葵軒。烏葵軒。哩平白安扎恁樣行貨子。沒廉耻傳出去。教人家知道。把醜來出盡了。西門慶聽

言。謊了一踵。便問怎麼的。月娘道。你別要來問我。你問你家小
厮去。西門慶道。是那個小厮。金蓮道。情知是誰。畫童賊小奴才。
俺送大妗子去。他正在門首哭。如此這般。温蠻子弄他來。這西
門慶聽了。還有些不信。便道你叫那小奴才來。等我問他。一面
使玳安兒前邊。把畫童兒叫到上房跪下。西門慶要拿拶子拶
他。便道賊奴才。你實說他叫你做甚麼。畫童兒道。他叫小的要
灌醉了小的。要幹小營生兒。今日小的害疼。躲出來了。不敢去。
他只顧使平安叫。又打小的。教娘出來看見了。他常時問爹家
中。各娘房裡的事。小的不敢說。昨日爹家中擺酒。他又教唆小
的偷銀器兒家火與他。又某日他望他倪師父去。拿爹的書稿
兒與倪師父瞧。倪師父又與夏老爹瞧。這西門慶不聽便罷。聽

了便道。畫虎畫龍難畫骨。知人知面不知心。我把他當個人看。誰知人皮包狗骨東西。要他何用。一面喝令畫童兒起去。分付再不消過那邊去了。那畫童磕了頭起來。往前邊去了。西門慶向月娘。惟道。前日翟親家。說我機事不密則害成。我想來沒人。原來是他。把我的事透泄與人。我怎得曉的這樣狗背石東西。平白養在家做甚麼。月娘道。你和誰說。你家又沒孩子上學。平白招攬個人在家養活。看寫禮帖兒。惟不的你我我家有這些禮帖書柬寫。饒養活着他。還教他弄乾坤兒。家裡底事。往外打探。西門慶道。不消說了。明日教他走道兒就是了。一面吽將平安來了。分付對過對他說。家老爹要房子堆貨。教溫師父轉尋房兒。便了。等他來見我。你在門首只回我不在家。那平安兒應

諾去了。西門慶告月娘說。今日賁四來辭我。初六日起身與夏
龍溪送家小往東京去。我想來線鋪子沒人倒好教他二舅來。
替他開兩日兒。左右與來招一遞三日上宿飯倒都在一處吃。
好不好。月娘道。好不好隨你。叫他去。我不管你省的人又說招
顧了我的兄弟。西門慶不聽。于是使棋童兒請你二舅來。不一
時請吳二舅到。在前廳陪他坐的吃酒把鑰匙交付與他明日
同來招早往獅子街開鋪子去。不在話下。却說溫秀才。見畫童
兒一夜不過來睡。心中省恐。到次日平安走來。說家老爹多上
覆溫師父。早晚要這房子堆貨。教師父別尋房兒罷。這溫秀才
聽了大驚。失色就知畫童兒有甚話說。穿了衣巾。要見西門慶
說話。平安兒道。俺爹往衙門中去了。還未來哩。比及來。這溫秀

才又衣巾過來伺候具了一篇長柬。遞與琴童兒琴童又不敢
接。說道俺爹纔從衙門中來家辛苦。後邊歇去了。俺每不敢稟。
這溫秀才就知疎遠他。一面走到倪秀才家商議。還搬移家小
往舊處住去了。正是誰人汲得西江水。難免今朝一面羞。

靡不有初鮮克終　交情似水淡長情
自古人無千日好　果然花無摘下紅

第七十七回

西門慶踏雪訪愛月

董四嫂帶才戰情郎

# 第七十七回

西門慶踏雪訪愛月　賁四嫂倚牖盼佳期

飛彈參差拂早梅　強欺寒色尚低回
風憐落娼留香與　月令深情借艷開
梁殿得非肖帝瑞　齊宮應是玉兒媒
不知謝客離腸醒　臨水應添萬恨來

話說溫秀才。求見西門慶不得。自知慚愧。隨携家小搬移原舊家去了。西門慶收拾書院。做了客座。不在話下。一日尚舉人來拜辭起身。上京會試。問西門慶借皮箱毡衫。西門慶陪他坐的待茶。又送贐禮與他。因說起喬大戶。雲離守。兩位舍親。一授義官。一襲祖職。見任管事。欲求兩篇軸文奉賀。不知老翁。可有相知否。借重一言。學生具幣禮拜求。尚舉人笑道。老翁何用禮爲。學生敝同窓聶兩湖。見在武庫肄業。與小兒爲師。在舍本領雜作極富。學生就與他說。老翁差盛使持軸。送到學生那邊。西門慶連忙致謝。茶畢起身。西門慶這里。隨即封了兩方手帕。五錢白金。差琴童送軸子。并毡彩皮箱到。尚舉人處收下。那消兩日光景。寫成軸文。差人送來。西門慶挂在壁上。但見青段錦軸金字輝煌。文不加點。心中大喜。只見應伯爵來問喬大戶與雲二哥的事。幾時舉行軸文。做了不曾。溫老先兒怎的連日不見。西門慶道。又題甚麼溫老先生兒。通是個狗類之人。如此這般告訴伯爵一遍。伯爵道。哥我說此人言過其實。虛浮之甚。早時你有後眼。不然教調壞了咱家小兒們了。又問他二公賀軸。何人

寫了。西門慶道。昨日尚小塘來拜我。說他朋友聶兩湖。善於詞
藻。央求聶兩湖作了。文章已寫了來。你瞧。于是引伯爵到廳上。
觀看一遍。喝采不已。說道。人情都全了。哥你早送與人家。預備。
西門慶道。明日好日期。備羊酒花紅菓盒。早差人送去。正說着。
忽報夏老爹兒子來拜辭。明日初八日早起身去也。小的答應
爹不在家。他說教對何老爹那里。明早差人那邊看守去。西門
慶觀見。六摺帖兒上寫着寅家晚生夏承恩頓首拜。謝辭。西門
慶道。連尚舉人搭他家。就是兩分香絹贐儀。分付琴童。連忙買
了。教你姐夫封了。寫帖子送去。正在書房中。留伯爵吃飯。忽見
平安兒慌慌張張。拿進三個帖兒來報。參議汪老爹。兵備雷老
爹。郎中安老爹來拜。西門慶看帖兒。汪伯彥。雷啟元。安忱拜。連

忙穿衣裳繫帶。伯爵道。哥你有事我吃了飯去罷。西門慶道。我明日會你哩。一面整衣出迎。三員官。皆相讓而入。一個白鵬。一個雲鷺。一個穿豸補子。手下跟從許多官吏。進入大廳叙禮道。及向日厚擾之事。少頃茶罷。坐話間。安郎中便道。雷東谷汪少華。并學生又來干瀆。有浙江本府趙大尹。新陞大理寺正。學生三人。借尊府奉請。已發東定初九日起會。主家共五席。戲子學生那里叫來。未知肯允諾否。西門慶道。老先生分付。學生塲門拱候。安郎中令吏取分資三兩遞上。西門慶令左右收了。相送出門。雷東谷向西門慶道。明日錢龍野書到。說那孫文相乃是舍夥計。學生已并除他開了。曾來相告不曾。西門慶道。正是多承老先生費心。容當叩拜。雷兵備道。你我相愛間。何爲多較。言畢。相揖上轎而去。原來潘金蓮自從當家管理銀錢。另頂了一把新等子。每日小厮買進菜蔬來。教拏到跟前。與他瞧過。方數錢與他。他又不數。只教春梅數錢。提等子。小厮被春梅罵的狗血噴了頭背。出生入死。行動就說落。教西門慶打。以此衆小厮皆互相抱怨。都說在三娘手裡使錢好。五娘行動沒打不說話。

卻說次日西門慶早往衙門中散了。對何千戶說。夏龍溪家小已起身去了。長官沒曾委人那里看守鎖門戶去。何千戶道。正是。昨日那邊着人來說。學生原差小价去了。西門慶道。今日同長官到那里看看去。于是出衙門並馬。兩個到了夏家宅內。家小已是去盡了。伴當在門首伺候。兩位官府下馬。進到廳上。西門慶引着何千戶。前後觀看了。又到他前邊花亭。見一片空地。

無甚花草。西門慶道。長官來到明日還收拾了耍子所在。栽些花翠。把這座亭子修理修理。何千戶道。這個已定學生開春從新修整修整。添些磚瓦木石。盖三間捲棚。早晚請長官來消閑散悶。西門慶因問府上寶眷有多少來任。何千戶道學生這房頭不上數口。還有幾房家人。并伴當不上十數人而已。西門慶道。似此還住不了。這宅子。前後五十余間房看了一回。分付家人收拾打掃關閉門戶。不日寫書往東京回老公公話。赶年裡搬取家眷。當日西門慶作別回家。何千戶看了一回。還歸衙門裡去了。次日纔搬行李來住。不在言表。西門慶到家下馬兒見何九買了一疋尺頭。四樣下飯。雞鵝一罈酒。來謝西門慶。又是劉內相差官送了一食盒大小純紅排黃蠟燭。二十張桌圍。

八十股官香。一盒沉速料香一罈自造內酒。一口鮮猪。西門慶進門劉公公家人就磕頭說道。家公公多上覆這些微禮與老爹賞人。西門慶道。前日空過老公公。送這厚禮來。便令左右快收了。請管家等等兒。少頃。畫童兒拿出一鍾茶來。打發吃了。西門慶封了五錢銀子賞錢。拿回帖打發去了。一面請何九進去。見西門慶在廳上站立。換了冠帽。戴着白毡忠靖冠。見何九一把手扯在廳上來。何九連忙倒身磕下頭。向蒙老爹天心超生。小人兄弟感恩不淺。請西門慶受禮。西門慶不肯受磕頭拉起還說老九。你我舊人。快休如此說。道老爹今非昔比。小人微末之人。豈敢僭坐。只站立在傍邊。西門慶上陪着吃了一盞茶。說道老九你如何又費心。送禮來。我斷然不受。若有甚麼人欺負你只顧來說我親替你出氣倘縣中派你甚差事我拿帖兒與你李老爹說何九道家老爹恩典小人知道小人如今也老了差事已告與小兒何欽頂替着哩西門慶道也罷也罷你淸閑些了說道旣你不肯我把這酒禮收了那尺頭你還拿去我也不留你坐了那何九千恩萬謝拜辭去了西門慶坐廳上看着打點禮物菓盒花紅羊酒軸文等各人分資先差玳安送往喬大戶家去後叫王經送雲離守家去玳安回來喬家與了五錢銀子王經到雲離守家管待了茶食與了一疋眞靑大布一雙琴鞋回門下辱愛生雙帖兒多上覆老爹改日奉請西門慶滿心歡喜到後邊月娘房中擺飯吃因向月娘說賁四去了吳二舅在獅子街賣貨我今日倒閒徃那里看看去月娘道你去不是

若是要酒菜兒。早使小廝來家說。西門慶道。我知道。一面分付備馬。就戴着毡忠靖巾。貂鼠暖耳。綠絨補子褶。粉底皂靴。琴童玳安跟隨。逕往獅子街來到房子內。吳二舅與來昭。正挂着花拷拷兒發賣紬絹絨線絲綿。擠一鋪子人做買賣。打發不開。西門慶下馬。看了看。走到後邊暖房內坐下。吳二舅走來作揖。回說一日也攢銀錢二十兩。西門慶又分付來昭妻一丈青。二舅茶飯。每日這里依舊打發。休要悞了。來昭妻道。逐日頓美酒飯。都是我自整理。西門慶見天陰晦上。但見彤雲密布。冷氣侵人。作雪的模樣。忽然想起要往院中鄭月兒家去。即令琴童騎馬。家中取我的皮袄來。問你大娘有酒菜兒稍一盒與你二舅吃。琴童應諾到家。不一時取了。西門慶長身貂鼠皮袄。後面排

軍拿了一盒酒菜裏面四碟醃雞下飯煎炒鵝鴿四碟海味案
酒一盤韮盒兒一錫瓶酒西門慶陪二舅在房中吃了三杯分
付二舅你晚夕在此上宿着在用我家去罷于是帶上眼紗騎
馬玳安琴童跟隨逕進构攔往鄭愛月兒家來轉過東街口只
見天上紛紛揚揚飄下一天瑞雪來正是拳頭大塊空中舞路
上行人只叫苦但見

漠漠嚴寒匝地這雪兒下得正好扯絮撏綿裁織片片大如
拷栳見林門竹筭茅茨爭些被他壓倒富豪俠卻言消災障
猶嫌小圍向那紅爐獸炭穿的是貂裘綉襖手撚梅花唱道
是國家祥瑞不念貧民些小商臥有幽人吟詠多詩章

西門慶隨路蹅着那亂瓊碎玉貂裘沾濡粉蝶馬蹄蕩滿銀花

進入抅欄。到於鄭愛月兒家門首下馬。只見丫鬟看見。飛報進來說。老爹來了。鄭媽媽出來迎接。至於中堂見禮。說道。前月多謝老爹重禮。姐兒又在宅內打攪。又教他大娘三娘賞他花翠汗巾。西門慶那日空了他來。一面坐下。西門慶令玳安把馬牵進來。自有院落安放。老媽道。請爹後邊明間坐罷。月姐纔起來梳頭。只說老爹昨日來。到伺候了一日。今日他心中有些不快起來的遲些。這西門慶一面進入他後邊住房。明間內。但見綠窓半啟。氊模低張。地平上黃銅大盆。生着炭火。西門慶坐在正面椅上。先是鄭愛香兒出來相見了。遞了茶。然後愛月兒纔出來。頭挽一窩絲杭州纘。翠梅花鈿兒。金鈒釵梳。海獺臥兔兒。打扮的霧靄雲鬟。粉粧粉。香花琢。上穿白綾袄兒。綠遍地錦比甲。

下着大幅湘紋裙子。高高顯一對小小金蓮。猶如新月。狀若蛾眉。好似羅浮仙子臨凡境。神女巫山降世間。粉頭出來笑嘻嘻的。向西門慶道了萬福。說道。爹我那一日來晚了。緊自前邊人散的遲。到後邊大娘。又只顧不放俺每留着吃飯。來家有三更天了。西門慶笑道。小油嘴兒。你倒和李桂姐兩個。把應花子打的好响瓜兒。鄭愛月兒道。誰教他恠物勞。在酒席上。屎口兒傷俺每來。那一日祝麻子也醉了。哄我要送俺每來。我便說沒爹這里燈籠。送俺每。蔣胖子弔在陰溝裡。缺臭了你了。西門慶道。我昨日聽見洪四兒說。祝麻子又會着王三官兒。大街上請了榮嬌兒。鄭月兒道。只在榮嬌兒家歇了一夜。燒了一炷香。不去了。如今還在秦玉芝兒走着哩。說了一回話。道。爹只怕你冷。往房裡的。這西門慶到於房中。脫去貂裘。和粉頭圍爐共坐。房中香氣襲人。只見丫鬟來放卓兒。四碟細巧菜蔬。安下。三個薑碟兒。須臾拿了三甌兒黃芽韭菜肉包。一寸大的水角兒來。姊妹二人陪西門慶。每人吃了一甌兒。愛月兒道。又撥了上半甌兒添與西門慶。門慶道。我勾了。纔在那邊房子線舖。陪你吳二舅吃了兩個點心來了。心裡要來你這里走走。不想天氣落雪。家中使小廝取了皮袄穿上。就來了。愛月兒道。爹前日不會下我教。昨日等了一日。不見爹。不想爹今日來了。西門慶道。昨日家中有兩位士夫來望。亂着就不曾來得。愛月兒道。我要問爹有貂鼠買個兒與我。我要做了圍脖兒戴。西門慶道。不打緊。打緊昨日舍夥計。打遼東來。送了我十個好貂鼠。你娘們都沒圍脖見。到明日一總做了。送一個來與你。愛香兒道。爹只認的月姐。就不送與我一個兒。西門慶道。你姊妹兩個。一家一個。于是愛香愛月兒連忙起身道了萬福。西門慶分付休見了。桂姐銀姐說。鄭月兒道。我知道。因說到明日李桂姐兒吳銀兒在那里過夜。問我他幾時來了。我沒瞞他。教我說昨日請周爺。俺每四個都在這里唱了一日。爹說有王三官兒在這里。不敢請你的。今日是親朋會中人吃酒。纔請你來。來唱他一聲兒也沒言語。西門慶道。你這個回的他好。前日李銘我也不要他唱來。再三央及你應二爹來說。落後你三娘生日。桂姐買了一分禮來。再三與我陪不是。你娘們說着。我不理他。昨日我竟留下銀姐。使他知道。愛月兒道。不知三娘生日。我失悞了人情。西門慶道。等明日你雲老爹擺酒。我前日你和銀姐那里唱一日。愛月兒道。爹分付我去。不一時丫鬟收拾飯卓去。粉頭取出個鸂鶒木匣兒。傾出三十二扇象牙牌來。和西門慶在炕毡條上抹牌頑耍。愛香兒也坐在傍邊看牌。院內雪如風舞。梨花紛紛只顧下。但見

恍惚漸迷鴛瓦。頃刻拂滿蜂鬚。似玉龍鱗甲遶空飛。白鶴羽毛遙地落。好若數蝌行沙上。猶賽亂瓊堆砌間。正是盡道豐年瑞。豐年瑞若何。長安有貧者。宜瑞不宜多。

當下三人抹了回牌。勝負須臾擺上酒來。飲酒卓上盤堆異菓。肴列珍羞。茶煮龍團。酒斟琥珀。詞歌金縷。笑啟朱唇。愛香與愛月兒。一邊一個捧酒。不免箏排雁柱。款跨鮫綃。姊妹兩個彈着唱了一套青衲襖。

想多嬌。情性兒標。想多嬌。恩意兒好。想起携手同行共歡笑。吟風咏月將詩句兒嘲。女温柔。男俊俏。正青春年紀小。誰人望將比目魚分開。瓶墜簪折。今日早魚沉雁杳。

罵玉郎　多嬌一去無消耗。想着俺情似漆意如膠。常記的共枕同歡樂。想着他花樣嬌。柳樣柔。傾國傾城貌。

大迓鼓　千般丰韻嬌。風流俊俏。體態妖嬈。所爲諸般妙。搊箏撥阮歌舞吹簫。總有丹青難畫描。

感皇恩　呀　好教我無緒無聊。意攘心勞。懶將這杜詩温韓文叙。柳文學。我這里愁懷越焦。這些時容貌添憔。不能勾同歡樂。成配偶。到有分受煎熬。

東甌令　潘郎貌。沈郎腰。可惜相逢無下稍。心腸懊惱傷懷抱。

烈火燒佛廟。滔滔綠水渰藍橋。相思病怎生逃。

採茶歌　相思病怎生逃。離愁人擺的堅牢。鐵石人見了也魂消。愁似南山堆積積。悶如東海水滔滔。

賺　誰想今朝。自古書生多命薄。傷懷抱。痴心惹的傍人笑。對難陳告。

烏夜啼　想當初偎紅倚翠。踏青闘草。相逢對景同歡樂。到春來語呢喃燕子尋巢。到夏來荷蓮香開滿池沼。到秋來菊滿荒郊。到冬來瑞雪飄飄。想當初畫堂歌舞。列着佳肴。今日個孤枕旅館無着落。鬼病侵難醫療。好教我情牽意惹。心痒難撓。

節節高　悶懨懨睡不着。想多嬌。知音解呂明宮調。諸般好閑

月羞花貌。言語嬌媚。心聰俏。恰似仙子行來到。金蓮款步鳳

頭翹。朱唇皓齒微微笑。

鵪鶉兒　你看他體態輕盈更那堪衣穿素縞。脂粉施蛾眉淡

埽。看了他萬縂妖嬈。難畫描。酒泛羊羔。寶鴨香飄。銀燭高燒

成就了美滿夫妻。穩取同心到老。

尾聲　青雲有路終須到。生前無分也難消。把佳期叮嚀休忘

了。

唱一套。姐兒兩個拿上發盃兒來。和西門慶搶紅頑笑。杯來盞

去。各添春色。西門慶忽把眼看見鄭愛月兒房中。牀傍側首錦

屏風上。挂着一軸愛月美人圖。題詩一首。

有美人兮迥出群　輕風斜拂石榴裙

花開金谷春三月　月轉花陰夜十分
玉雪精神聯仲琰　瓊林才貌過文君
少年情思應須慕　莫使無心托白雲

下書三泉主人醉筆

西門慶看了。便問三泉主人是王三官兒的號。慌的鄭愛月兒連忙摭說道。這還是他舊時寫下的。他如今不號三泉了。號小軒了。他告人說。學爹說我號四泉。他怎的號三泉。他恐怕爹惱。因此改了號小軒。一面走向前取筆過來。把那三字就塗抹了。西門慶滿心歡喜。說道。我並不知他改號一節。粉頭道。我聽見他對一個人說來。我纔曉的他去世的父親號逸軒。他故此改號小軒。說畢。鄭愛香兒往下邊去了。獨有愛月兒陪西門慶在房內兩個並肩疊股。擒紅飲酒。因說起林太太來。怎的大量好風月。我在他家吃酒。那日王三官請我到後邊拜見。還是他王意。教三官拜認我做義父。教我受他禮。委托我指教他成日。粉頭拍手大笑道。還虧我指與這條路兒。到明日連三官兒娘子不怕屬了爹。西門慶道。我到明日。我先燒與他一炷香。到正月里。請他和三官娘子。往我家看燈吃酒。看他去不去。粉頭道。爹你還不知。三官娘子。生的怎樣標致。就是個燈人兒。沒他。那一段兒風流妖艷。今年十九歲兒。只在家中守寡。王三官兒通不着家。爹你看用個工夫兒。不愁不是你的人。兩個說話之間。相挨相湊。只見丫鬟拿上幾樣細菓碟兒來。都是減碟菓仁風菱鮮柑。螳螂雪梨。蘋婆。蚫螺。冰糖橙丁之類。粉頭親手奉與西門慶下酒。又用舌尖噙鳳香餅蜜送入他口中。又用纖手掀起西門慶藕合段襖子。看見他白綾褲子。西門慶一面解開褲帶。露出那話來。教他弄。粉頭見根下束着銀托子。那話猙獰跳腦。紫漲光鮮。西門慶令他品之。這粉頭眞個低垂粉頸。輕啟朱唇。半吞半吐。或進或出。嗚咂有聲。品弄了一回。靈犀已透。淫心似火。欲求講歡。粉頭便往後邊去了。西門慶出房更衣。見雪越下得甚緊。回到房中。丫鬟向前挂起錦幔。放設鴛枕。展放鮫綃。薰熱香球。牀上鋪得被褥甚厚。打發脫靴解帶。先上牙牀。粉頭澡牝回來。掩上雙扉。共入鴛帳。正是得多少春色嬌還媚。惹蝶芳心軟欲濃。有詩爲證。

聚散無憑在夢中　起來殘燭映紗紅

鍾情自古多神念　誰道陽臺路不通

兩個雲雨歡娛。到一更時分。起來。丫鬟掌燈進房。整衣理髩後。釃美酒重整佳肴。又飲勾幾杯。問玳安有燈籠傘沒有。玳安道。琴童家去取燈籠傘來了。這西門慶方纔作別了。鴇子粉頭。相送出門。看着上馬。鄭月兒揚聲叫道。爹若叫我早些來說。西門慶道。我知道。一面上馬。打着傘出院門。一路踏雪到家中。對着吳月娘只說在獅子街。和吳二舅飲酒。不在話下。一宿晚景題過。到次日卻是初八日。打聽何千戶行李都搬過夏家房子內去了。西門慶這邊送了四盒細茶食。五錢折帕慶房賀儀過去。只見應伯爵驀地走來。西門慶見雪晴。天有風色甚冷。留他前邊書房中向火。叫小廝放卓兒。拿菜兒留他吃粥。因說起昨日喬親家。雲二哥禮。并折帕都送過去了。你的人情我這邊已是替你每家封了二錢。出上了。你那里不消與他罷。只等發柬請吃酒。那應伯爵舉手謝了。西門慶道。何大人已搬過去了。今日我送茶。并慶房人情。你不送些茶兒與他。伯爵道。他請人。又問昨日安大人三位來做甚麽。那兩位是何人。西門慶道。那兩位一個雷兵備。一個是汪參議。都是浙江人。因在我這里擺酒。明日要請杭州趙霆知府。新陞京堂大理寺丞。是他每本府父母官。如何不敬。代一張卓面。餘者散席。戲子他那里叫來。俺這里少不的叫兩個小優兒答應。便了。通身只三兩分資。伯爵道。大凡文職好細。三兩銀子。勾做甚麽。哥少不得賠些兒。西門慶道。這雷兵備。就是問黃四小舅子孫文相的。昨日沒曾對我題起開除他罪名來了。伯爵道。你說他不仔細。如今還記着。折准擺這席酒纔罷了。說話之間。伯爵叫應寶你叫那個人來。見你大爹。西門慶便問是何人。伯爵道。我那邊左近住一個小後生。倒也是舊人家出身。父母都沒了。自幼在王皇親家宅內答應。好幾年了。也有了媳婦兒了。因在庄子上和一般家人不知出來了。如今閒着。做不的甚麼買賣兒。他與應寶是朋友。央及應寶要投尋個人家。做房家人。今早應寶對我說。爹倒好舉薦與大爹宅内答應。又怕大爹少人使。我便說不知你大爹用不用。因問應寶叫他甚麼名字。你叫他進來。應寶道。他姓來。叫來友兒只見那來友兒。穿着青布四塊瓦布襪。靸鞋。扒在地上磕了個頭。起來簾外站立。伯爵道。若論這狗狗的。膂力儘有。撥輕服重。

都去的。因問你多少年紀了。那人道。小的二十歲了。又問你媳婦沒子女。那人道。只光兩口兒。應寶道不瞞爹說。他媳婦纔十九歲兒。廚竈針線。大小衣裳都會做。西門慶見那人低頭並足。爲人朴實。便道。既是你應二爹來說。用心在我這里答應。分付揀個好日期。寫紙文書。兩口兒搬進來罷。那個磕了個頭。西門慶教琴童兒。領着後邊見月娘。衆人磕頭去了。對月娘。月娘說就把來旺兒原住的那一間房。與他居住。伯爵坐了回家去了。應寶同他寫了一紙投身文書。交與西門慶收了。改名來爵。不在話下。卻說賁四娘子。自從他家長兒與了夏家。每日買東買西。只央及平安兒和來安畫童兒。或是隔壁韓嫂兒的兒子。小雨兒。西門慶家中。這些大官兒。常在他屋裡坐的。打平和兒吃酒。賁四娘子兒和氣。就定出菜兒來。或要茶水。應手而至。就是賁四一時鋪中歸來。撞見亦不見怪。以此今日他不在家。使着那個不替他動。且玳安兒與平安兒。常在他屋裡坐的多。初九日。西門慶與安郎中。汪參議。雷兵備擺酒。請趙知府。那日早辰。來爵兒兩口兒。就搬進來。他媳婦兒。後邊見月娘。衆人磕頭。月娘見他穿着紫細襖。青布披襖。綠布裙子。生的五短身林。瓜子面皮兒。搽胭抹粉。施朱唇。纏的兩隻脚趫趫的。問起來。諸般針指都會做起。了他個名字。叫做惠元。與惠秀惠祥。一遞三日上竈。不題。玳安與平安。常在他屋裡坐的多。一日門外楊姑娘沒了。安童兒來報喪。西門慶這邊整治了一張插卓。三牲湯飯。又封了五兩香儀。吳月娘李嬌兒。孟玉樓。潘金蓮。四頂轎子。起身都

往北邊。與他燒紙弔孝。琴童兒棋童兒來爵兒來安兒四個都
跟轎子。不在家。西門慶在對過段舖子。書房內看着毛襖匠。與
月娘做貂鼠圍脖。先攢出一個圍脖兒使玳安送與院中鄭月
兒去。封了十兩銀子。與他過節。鄭家管待玳安酒饌。與了他三
錢銀子。買瓜子兒磕。走來回西門慶話。說月夷多上覆。多謝了。
前日空過了爹來。與了小的三錢銀子。西門慶道。你收了罷。因
問他賁四不在家。你頭里從他屋裡出來做甚麼來。玳安道賁
四娘子。從他女孩兒嫁了。沒人使。常央及小的每替他買甚
麼兒。西門慶道。他既沒人使你每替他勤勤兒也罷。又悄悄向
玳安道。你慢慢和他說。如此這般。爹要來你這屋裡來看你看
兒。你心如何。看他怎的說。他若肯了。你問他討個汗巾兒來。與

我玳安道。小的知道了。領了西門慶言語。應諾下去。西門慶使陳經濟看着裁貂鼠。就走到家中來。只見王經向顧銀舖內取了金赤虎。又是四對金頭銀簪兒。交與西門慶。西門慶留下兩對在書房內。餘者袖進李瓶兒房內坐下。與了如意兒那赤虎。又與他一對簪兒。把那一對簪兒就與了迎春。二人接了。連忙揷燭也似磕了頭。西門慶令迎春取飯去。須臾拿了飯來。吃了。飯出來。在書房內坐下。只見玳安慢走到跟前。見王經在傍。不言語。西門慶使王經後邊取茶去。那玳安方說小的將爹言語對他說了。他笑了。約會晚上些。何候等爹過去坐坐。叫小的拿了這汗巾兒來。西門慶見紅綿紙兒包着。一方紅綾織錦廻紋汗巾兒。聞了聞。噴鼻香。滿心歡喜。連忙袖了。只見王經拿茶來。吃了。又走過對門看着匠人做生活去。忽報花大舅來了。西門慶道。請過來這邊坐。花子油走到書房暖閣兒裡作揖坐下。致謝外日多有相擾。叙話間。畫童兒對門拿過茶來吃了。花子油悉把門外客人。有五百包無錫米。凍了河。緊等要賣了回家去。我想着姐夫倒好買下等價錢。西門慶道。我平白要他做甚麽。凍河還沒人要。到開河船來了。越發價錢跌了。如今家中也沒銀子。即分付玳安收拾放卓兒。家中說看菜兒來。一面使畫童兒。請你應二爹來。陪你花爹坐了一時。伯爵來到。三人共坐在一處。圍爐飲酒。卓上擺設四盤四碟。都是煎炒雞魚。燒爛下飯。又叫孫雪娥烙了兩炷餅。又是四碗肚肺。乳線湯。良久。只見吳道官徒弟應春。送節禮疏誥來。西門慶請來同坐吃酒。攬李瓶兒百日經。與他銀子去吃。至日落時分。二人先起身去了。次後甘夥計收了鋪子。又請來坐。與伯爵擲骰猜枚談話不覺到掌燈已後。吳月娘衆人轎子到了。來安走來回話。伯爵道嫂子們今日都往那里去了。西門慶道北邊他楊姑娘沒了。今日三日念經。我這里備了張插卓祭祀。又封了香儀兒。都去弔問弔兒。伯爵道。他老人家也高壽了。西門慶道。敢也有七十五六兒。男花女花都沒有。只靠他門外侄兒那里養活。材兒也是我這里替他備下的。這幾年了。伯爵道。好好兒老人家有了黃金入櫃。就是一場事了。哥的大陰隲。說畢。酒過數巡。伯爵與甘夥計作辭去了。西門慶道。十一日該姐夫這里上宿。玳安道。那邊鋪子里。付二叔也家去了。只小的一個在鋪子里睡。西門慶道。就起身走過來。分付後生王顯。仔細火燭。王顯道。小的知道。看着把門關上了。這西門慶見沒人。兩三步就走入賁四家來。只見賁四娘子兒。在門首獨自站立巳久。見對門關的門响。西門慶從黑影中走至跟前。這婦人連忙把封門一開。西門慶鑽入裡面。婦人還扯上封門說道。爹請裡邊紙門內坐罷。原來裡間槅扇廂着後半間。紙門內。又有個小炕兒。籠着旺旺的火。卓上點着燈。兩邊護炕。從新糊的雪白。挂着四扇吊屏兒。那婦人頭上勒着翠藍銷金箍兒。髮髻插着四根金簪兒。耳朵上兩個丁香兒。上穿紫紬襖。青綃絲披襖。玉色綃裙子。向前與西門慶道了萬福。連忙遞了一盞茶兒與西門慶吃。因悄悄說。只怕隔壁韓嫂兒知道。西門慶道不妨事。黑影子他那里曉的。于是不由分說。把婦人摟到懷中。就親嘴拉近枕頭來。解衣按在炕沿子上。扛起腿來。就聳那話上已束着托子。剛挿入牝中。就拽了幾拽。婦人下邊淫水直流。把一條藍布褲子都濕了。西門慶拽出那話來。向順袋內取出包兒。顫聲嬌來蘸了些在龜頭上。攮進去。方纔澀住淫津。肆行抽拽。婦人雙手扳着西門慶肩膊。兩相迎湊。在下颼聲顫語。呻吟不絕。這西門慶乘着酒興。架其兩腿在肐膊上。只顧没稜露腦。鋭進長驅。肆行搧磞。何止二三百度。須臾弄的婦人雲髻鬅鬆。舌尖氷冷。口不能言。西門慶則氣喘吁吁。靈龜暢美。一泄如注。良久拽出那話來。淫水隨出。用帕搽之。兩個整衣繫帶。復理殘粧。西門慶向袖中掏出五六兩一包碎銀子。又是兩對金頭簪兒。遞與婦人。節間買花翠帶。婦人拜謝了。悄悄打發出來。那邊琊安在鋪子里。專心只聽這邊門環兒响。便開大門。放西門慶進來。自知更無一人曉的。後來朝來暮往。也入港一二次。正是若非人不知。除非已莫爲。不想被韓嫂兒冷眼瞧見。傳的後邊金蓮知道了。這金蓮亦不識破他。一日臘月十五日。喬大户家請吃酒。西門慶這里會同應伯爵。吳大舅。一齊起身。那日有許多親朋。做戲飲酒。至二更方散。第一日。每家一張卓面。俱不必細說。单表崔本治了二千兩湖州紬絹貨物。臘月初旬起身。顧船裝載。赶至臨清馬頭。教後生榮海看守貨物。便顧頭口來家。取車稅銀兩。到門首下頭口。琴童道崔大哥來了。請廳上坐。爹在對門房子里。等我請去。一面走到對門。不見西門慶。因問平安兒。平安兒道。爹敢進後邊去了。這琴童兒走到上房問月娘。月娘道。賊見鬼的。因你爹從早辰出去再幾時進來。又到各房裡。并花園書房都瞧遍了。沒有。琴童在大門首揚聲道。省恐殺人。不知爹往那里去了。白尋不着。大白里把爹來不見了。崔大哥來了這一日。只顧教他坐着那玳安分明知道。不做聲言語。不想西門慶從前邊進來。把衆小厮乞了一驚。原來西門慶在賁四屋裡。入港纔出來。那平安打發西門慶進去了。望着琴童見吐舌頭兒。都替他揑兩把汗。都道。管情崔大哥去了。有幾下子打。不想西門慶走到廳上。崔本見了磕頭畢。交了書帳。說船到馬頭。少車稅銀兩。我從臘月初一日起身。在揚州與他兩個分路。他每往杭州去了。俺每都到苗親家住了兩日。因說苗青替老爹使了十兩銀子。擡了揚州衛一個千戶家女子。十六歲了。名喚楚雲。說不盡生的花如臉。玉如肌。星如眼。月如眉。腰如柳。襪如鈎。兩隻脚兒恰剛三寸。端的有沉魚落雁之容。閉月羞花之貌。腹中有三千小曲。八百大曲。端的風流如水晶盤內走明珠。態度似紅杏枝頭推曉日。苗青如今還養在家。替他打廂奩。治衣服。待開春。韓夥計保官兒船上帶來。伏侍老爹。消愁解悶。西門慶聽了滿心歡喜。說道你船上稍了來也罷。又費煩他治甚衣服。打甚粧奩。愁我家沒有。于是恨不的騰雲展翅。飛上楊州。搬取嬌姿。賞心樂事。正是鹿分鄭相應難辨。蝶化莊周未可知。有詩為証。

聞道楊州一楚雲　偶憑出鳥語來真
不知好物都離隔　試把梅花問主人

西門慶陪崔本吃了飯。兌了五十兩銀子。做車稅錢。又寫書與
錢主事。令煩青日。言訖。當下作辭。往喬大戶家回話去了。平安
見西門慶不尋琴童兒。都說我兒你不知有多少造化。爹進來
若不是綁着鬼有幾下打。琴童笑道。只你知爹性兒。比及起了
貨來。獅子街卸下就是下包時分。西門慶正在家。打發送節禮
忽見荊都監差人拿帖兒來問。宋大巡題本已上京數日。未知
旨意下來不曾。伏惟老翁差人察院衙門一打聽爲妙。這西門
慶即差答應節級。拿着五錢銀子。往巡按公衙書辦打聽。果然
昨日東京。邸報下來。寫抄得一紙前報來。與西門慶觀看。上面
道寫甚的。
山東巡按監察御史宋喬年一本。循例舉劾地方文武官員

以勵人心以隆
聖治事竊惟吏以撫民武以禦亂所以保障地方以司民命者
也苟非其人則處置乖方民受其害國何賴焉此國家莫急
於文武兩途而激勸之典不容不亟舉也臣奉
命按臨山東等處親歷省察風俗至於吏政民瘼監司守禦無
不留心咨訪復令安撫大臣詳加鑒別各官賢否頗得其實
茲當差滿之期敢不一一陳之山東左布政陳四箴操履忠
貞撫民有方廉使趙訥綱紀肅清士民服習提學副使陳正
彙操砥礪之行嚴督率之條又訪得兵備副使雷啟元軍民
咸服其恩威僚慕悉推其練達濟南府知府張叔夜經濟可
望才堪司牧東平府知府胡師文居任清慎視民如傷徐州

府知府韓邦奇。志務清修。才堪廊廟。蔡州府知府葉照。屏海寇而道不拾遺。惠民疇而墾田不涸。此數臣者。皆當薦奬而優擢者也。又訪得左叅議馮廷鵠。傴僂之形。桑榆之景。形若木偶。尚肆貪婪。東昌府知府徐松。縱妾父而通賄。所致騰謗於公堂。慕羡餘而誅求。詈言聲輙遍於閭閻。此二臣者。所當亟賜罷斥者也。再訪得左軍院僉書守禦周棠周秀器宇恢弘。操持老練。得將帥之體。軍心允服。賊盜潛消。濟州兵馬都監荆忠。年力精強。才猶練達。冠武科而稱爲儒將。勝算可以臨戎。號令而極其嚴明。長策卒能禦侮。兗州兵馬都監温璽。夙閑韜畧。熟習弓馬。休養騎卒以備不虞。併力設險以防不測。此三臣者。所當亟賜遷擢者也。清河縣千戸吳有德以練

達之才得衛守之法。驅兵以擣中堅。靡攻不克。儲食以資糧
餉無人不飽。推心置腹。人思効命。實一方之保障。爲國家之
屏藩。宜特加超擢。鼓舞臣寮。陛下誠以臣言可採。舉而行之
庶幾官爵不濫。而人心思奮。守牧得人而
聖治有賴矣。等因。奉
欽依該部知道。續該吏兵二部題前事。看得御史宋喬所奏內
劾舉地方文武官員。無非軆國之忠。出于公論。詢訪得實。以
裨
聖治之事。伏乞
聖明。俯賜施行。天下幸甚。生民幸甚。奉欽依依擬行。
西門慶一見。滿心歡喜。拏着邸報。走到後邊。對月娘說。宋道長

本下來了。已是保舉你哥陞指揮僉事。見任管屯。周守禦與荊大人。都有奬勵。轉副叅統制之任。如今快使小厮。請他來對他説聲。月娘道。你使人請去。我交了鬟看下酒菜兒。我愁他這一上任。也要銀子使。西門慶道。不打緊。我借與他兌兩銀子也罷了。不一時。請得吳大舅到了。西門慶送那題奏旨意與他瞧。吳大舅連忙拜謝西門慶。與月娘。說道。多累姐夫姐姐扶持。恩當重報。不敢有忘。西門慶道。大舅你若上任擺酒。没銀子使。我這里兌一千兩銀子。你那里使者。那吳大舅。又作揖謝了。于是就在月娘房中。安排上酒來吃酒。月娘也在旁邊陪坐。西門慶即令陳經濟。把全抄寫了一本。與大舅拏着。即差玳安拏帖。送邸報往荊都監。周守禦兩家報喜去。正是勸君不費鐫研石。路上行人口是碑。
畢竟未知後來如何。且聽下回分解。

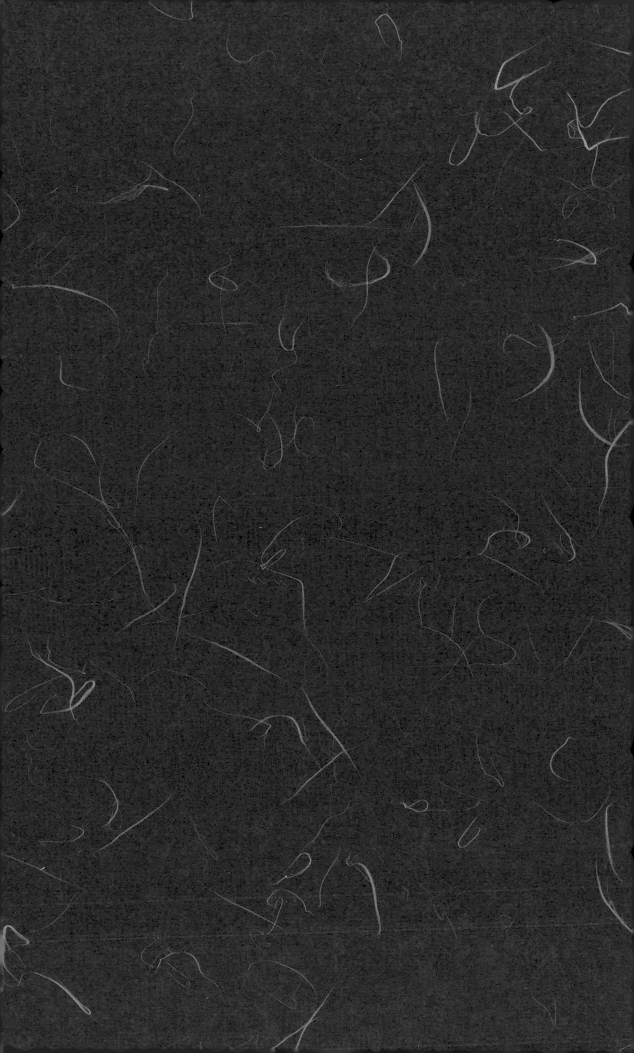